テキサスの恋5

音色に秘めた思い

ダイアナ・パーマー
加川千津子 訳

ハーレクイン
SP文庫

Ethan

by Diana Palmer

Published by Harlequin K.K., Tokyo, 2009

音色に秘めた思い

◆主要登場人物

アラベラ・クレイグ……ピアニスト。
イーサン・ハーダマン……牧場主。
コリーン……イーサンの母。
ジャン……イーサンの妹。
マット……イーサンの弟。
メアリー……マットの妻。アラベラの親友。
ミリアム……イーサンの元妻。

1

もうろうとした意識のなかで、アラベラは高い空の上を流れの早い雲にのせられ、運ばれていくような心地でいた。しばらくしてからだが雲のなかに沈みこみそうになったとき、からだのどこかに痛みが走った。そして痛みが徐々に高まったかと思うと、やがて片方の手に耐えきれぬほどの激痛が襲う。

「やめて!」自分の叫び声で、アラベラは目が覚めた。

彼女は冷たい台の上に横たわっていた。美しかったグレーのドレスが血にまみれ、からだ中がずきずきと痛む。白衣の男が目のなかをのぞきこんでいる。アラベラはうめいた。

「脳震盪《のうしんとう》、擦過傷、打撲傷、手首の複雑骨折、それに靭帯《じんたい》が一本切れている。患者の血液型を調べて、オペの用意をするように。手術室に運んでくれたまえ」男が言う。

「はい、先生」

「どうなんですか」せきこむような別の男の声がした。聞き覚えがあったが、父の声ではない。

「心配ありませんよ」医師らしき白衣の男はきっぱりと言った。「さあ、外へ出て待っていていただけませんか、ハーダマンさん。お気持ちはよくわかりますがね——」医師はいらだたしげに続けた。「肝心なのはわたしたちの仕事を邪魔しないでいてくださることなんです」

イーサン！ イーサンの声ではないか！ アラベラは懸命に首をめぐらし、声の主を確かめた。やっぱりイーサン・ハーダマンだ。グレーの瞳が気づかわしげに黒く光って見え、それでなくても引きしまった顔がよけい細く見える。白いシャツはボタンが半分しかかかってなく、ジャケットの前が開きっぱなしになっているところを見ると、どうやら大急ぎで着がえてきたようだ。手にはくしゃくしゃに丸めた帽子を握っている。

「アラベラ」イーサンは青白く、生気のないアラベラの顔をのぞきこんで、ささやきかけた。

「イーサン」アラベラがかすれ声で答える。「ああ、イーサン、わたしの手が……」

医師がとめるのも聞かずに、イーサンはかたい表情をますますかたくして彼女に近づいていった。そして傷のついた頬に手をふれながら言う。「アラベラ、心配したよ」乱れた長いブラウンの髪を撫《な》でる彼の手はふるえているようだ。アラベラのグリーンの瞳は苦痛と喜びがまじりあってきらりと光った。

「パパは？」確か車を運転していたはずだ。アラベラは不安にかられ、尋ねた。

「ダラスに飛行機で運ばれたんだ。目をけがしていたんでね。専門医の診察が必要だった。もちろん心配ない。きみの世話ができないから頼むと、病院から電話をもらったんだよ」

イーサンは無理に笑顔をつくって言った。「お父さんにしては、身を切るような思いだったろうな」

アラベラは激痛をこらえるあまり、その言葉の裏に隠された意味まで考える余裕がなかった。「だけど……この手は？」と問いかける。

イーサンはすっと立ちあがった。「あとでわかるさ。朝になったらメアリーたちも来る。ぼくは手術が終わるまでいるつもりだ」

アラベラがけがをしていないほうの手でイーサンの腕をとらえた。彼のからだがぴくっと緊張するのがわかる。

「お医者さまたちに説明して……わたしには手がどんなに大事かということを……お願い」

「みんなわかってるさ。できるだけのことをしようとしてるんだ」彼はアラベラの唇にそっと人さし指をあてた。「きみをひとりにはしない。ずっとついててあげるから」

苦痛をこらえようとイーサンのたくましい腕にすがると、はじめてこの腕に抱かれたときのめくるめくような記憶がよみがえってきた。

「イーサン、覚えていて？　あの入江のこと……」

イーサンはアラベラの言葉より、苦痛にゆがむ彼女の顔を見てたじろいだようだった。

「ひどそうだな。どうにかしてもらえないんですか？」痛みが自分のことでもあるかのように、医師につめ寄る。

ほんの十分前に救急処置室に飛びこんできた長身の男がどうしようもないほど動揺していることは、医師にもようやくわかったらしい。

「できるだけのことはしますから」医師は約束した。「あなたは身内の方ですか、それともご主人ですか？」

イーサンの瞳が医師を見すえた。「違います、身内じゃありません。彼女は最近評判になったピアニストなんですが、父親とふたり暮らしのため、結婚どころではないんです」

医師にはそれ以上イーサンの相手をしている時間などなかった。彼はやっかいな相手を看護師に任せ、手術室に姿を消した。

数時間後、アラベラは個室に移され、麻酔から覚めかけていた。イーサンがずっとつきそっていてくれる。ゆうべと同じ服装のままで、窓辺に立ち、ほの白く明けていく空をいらだたしげに見つめていた。

「イーサン」アラベラは呼びかけた。

彼はすぐにベッドのそばまでかけ寄ってきた。疲れが顔に出ている。無理もないわ。でも、なにかをこらえているようなかたい表情が気になる。

「どうだい？」イーサンは問いかけた。

「痛みと疲れとで、もうぐしゃぐしゃって感じ」アラベラは笑おうとしたが、引きつったような顔になるのがわかった。

イーサンは相かわらずいかめしい顔つきをしている。わたしはもう二十三になっているのだから、彼は三十というわけだが、若いころから、彼のほうがひと世代もふた世代も上に見えた。彼を見あげながら、苦しかった四年間を思いだすのはつらい。四年前、イーサンはわたしの心を奪っておきながら、ミリアムと結婚してしまったのだ。しかし、ふたりの結婚生活は長くは続かなかった。半年後にはふたりは別居をはじめた。ミリアムはそれでもなんとか離婚だけはくいとめようとしていたが、今年になってついに折れ、三カ月前に離婚が成立したばかりだった。

イーサンの気持ちはおしはかりがたかったが、ミリアムとのことで相当傷ついているのが、眉間《みけん》の深いしわからわかる。あのとき、アラベラは自分なりに、ミリアムとの結婚についてそれとなく警告しようとした。それなのにイーサンはアラベラを冷たくつきはなしてしまったのだ。イーサンの義妹とは親友なので、その後も顔を合わすことはあったが、彼はすっかり近寄りがたい存在になってしまっている。それは昨夜までのことだが……。

「ミリアムとのこと、やっぱりうまくいかなかったのね」アラベラはか細い声で切りだした。

「彼女のことは話したくないんだ」彼はきっぱりと言った。「それより、元気になるまでうちに来てほしい。母さんとメアリーに世話してもらうから」

「パパの具合はどうなのかしら?」アラベラは尋ねた。

「あれからどうなったかまだわかってないんだ。あとで聞いておくよ。とりあえず、着がえて朝食をすまさないとね。かわりの者をうちに帰らせたら、すぐ戻るから。まだ牛の駆りたての最中なんだ」

「そんなときに迷惑をかけるなんて」アラベラは吐息をついた。「ごめんなさい、イーサン。パパも気のきかない人ね」

彼はそれには答えず、彼女に尋ねた。「きみの着がえは車にあったのかい?」

アラベラは首をふった。ちょっと動いただけでも痛みが襲う。彼女は顔にかかった髪を、けがをしていないほうの手でうしろに撫でつけようとしてみた。

「着がえはヒューストンのアパートメントに置きっぱなしなの」

「アパートメントの鍵《かぎ》は?」

「バッグのなかよ。バッグはここまで持ってきてくれたはずだわ」眠気と戦いながら答える。

イーサンは部屋の隅のロッカーのなかに高級なバッグを見つけた。「なかのどのあたりに？」毒蛇でもつかむようなぎこちない手つきでそれをつかむと、彼は尋ねた。

「ジッパーをあけてみて」

とりだされた鍵束から、アパートメントの鍵をより分けると、イーサンはやれやれというようにバッグをはなした。

「どうして女は、男みたいに服のポケットを利用しないのか不思議だよ」

「女性の持ち物はポケットにおさまるようにはできていないの」アラベラは説明しながら、枕《まくら》に頭をもたせかけ、イーサンに目を向けた。「ひどい格好ね」

彼は憮然《ぶぜん》としている。アラベラが十八のとき、心ときめく数日をともにして以来、めったに笑顔を見せない男になってしまった。

「ほとんど眠ってないからな」彼はつっかかるように答えた。

アラベラがけだるそうな笑みを浮かべる。「わたしにあたらないで。先月、ロサンゼルスにいるとき、おばさまから手紙をもらったの。あなたがこのところまともに生きてるとは思えないって書いてあったわ」

「まともじゃないっていうのは、おふくろの口癖なのさ」

「でも、それがもう三カ月も続いているって。離婚が決まってからずっとなんでしょう。ミリアムが折れたのはなぜなの？　別居してからも、離婚はしないってがんばっていたのは彼女のほうじゃなかったの？」

「ぼくにわかるわけがないじゃないか」イーサンはそう言い捨てると、そっぽを向いてしまった。

ミリアムのことを持ちだしただけでふさいでしまう彼のようすを目のあたりにして、アラベラの心は沈んだ。彼の結婚にどれほど打ちのめされたことか。あまりに思いがけなかったので、ショックから立ち直れないほどだった。それまで、心のどこかでイーサンが自分のことを思っていてくれるという期待を持っていた。十八という年は若すぎたとはいえ、あの入江での出来事以来、イーサンが自分に欲望以上のものを感じてくれていると確信していたのだ。でも、もしかしたら自分勝手な思いこみだったのかもしれない。イーサンは気持ちを明かさぬまま、手の裏を返したようにミリアムに走り、二カ月後に式をあげてしまったのだから。

が、それでもアラベラはイーサンのことを忘れることはできなかった。彼は自分の人生に一番深くかかわりあった最初の男性だ。最後の一線は越さぬままに終わってしまったとはいえ、愛を誓える相手はイーサンしかいないと心に決めていた。そんな自分が滑稽《こっけい》でしかない。イーサンは自分のことなんかつゆほども愛してはいなかったのがわかってしまったのだから。彼の心を奪ったのは、コマーシャルの撮影で牧場にやってきたミリアムだった。男心をそそる術《すべ》にたけた赤い髪のモデルの魅力に、イーサンは屈してしまったのだ。ミリアムと競う自信など、アラベラにはまったくなかった。それなのにミリアムのほうはイーサンとそいとげる気などはじめからなかったのだ。別居してからのイーサンは女嫌いになってしまったという噂《うわさ》だった。彼ならそうだろう。プレイボーイにはとてもなれそうもないほど、きまじめな性格なのだから。のんきで楽天的なところなどみじんもない人。二十歳になるかならないころから、年に似あわず、将軍にでもなったように威圧的な口のきき方をする彼のことが、強く印象に残っている。

イーサンはベッドのそばに立ちはだかってはいたが、そのまなざしは穏やかになっていた。「だれか行かせることにするよ。きみのヒューストンのアパートメントに」

「ありがとう」

どうやら彼はミリアムのことは話題にしたくないらしい。アラベラはため息をつき、片手をあげようとしてみた。が、重くてあがらない。見ると、ギプスがはめられているのがわかった。

「骨を固定するためなんだ」イーサンが言った。「六週間したらはずせる。手は使えるようになるさ」

そう、使えるようにはなるかもしれない。でも、もとのようにピアノが弾けるようになるのだろうか。なるとしたら、どのぐらい待たなくてはならないのか。もしだめなら、パパとわたしはなにに頼って生きていけばいいのだろう。そう思うと、不安でたまらなくなった。パパは心臓に持病があるのに……。

今度の事故のあとで、父がイーサンに電話したとは耳を疑うほど意外だった。アラベラが成人してからというもの、父はイーサンを寄せつけまいとしていたからだ。たがいにうまが合いそうにないのは父もイーサンも意識していた。イーサンがアラベラに積極的に近づこうとしなかったため、ふたりが表だって衝突することはなかったけれど。しかし四年前のあの日、イーサンとアラベラは入江に泳ぎにいき、急接近してしまった。もちろん、アラベラは父にも話さず、自分だけの胸に秘めていたが……。

さっき、四年前の入江でのことを、イーサンにそれとなく思いださせようと試みたのだったが……。自分がこれほど大切にしている思い出を、彼のほうは気にもとめていないのだろうか……。そんなはずはない。きっと自分のからだのことを心配しすぎてそれどころではなかったのだろう。アラベラはそう自分に言い聞かせた。

「お宅に来るようにっておっしゃったけど」アラベラは考えをまとめようとした。「パパはどうしていれば……？」

「ダラスにおじさんがいるんじゃなかったかな？　お父さんはしばらくそこにいるんじゃないかな」

「パパがはなれて暮らすなんて考えられないけど」彼女には納得がいかなかった。

「そうかもしれないね」イーサンはシーツを引きあげてくれた。「さあ、眠るんだ。薬がきいてくるよ」

アラベラはグリーンの目を見開いて、彼を見すえた。「わたしに来てほしいなんて嘘《うそ》でしょう。そんなはずないもの。ミリアムのことで言いあいになったとき、どなったじゃないの。きみのようなうるさいやつとは二度と会いたくないって！」

イーサンはかすかにひるんだようだったが、ふたたび同じ言葉をくりかえした。「さあ、眠るんだ」

やがて眠気が襲ってきた、苦悩を秘めた、浅黒い顔がかすんでいく。アラベラは目を閉じてつぶやいた。「ええ、眠るわ……」

現実の世界が遠のいていく。夢の世界は過去の日々のくりかえしだった。一緒に育ったメアリーやイーサンの弟のマットや妹のジャン、それにそばにいながら寡黙で遠い存在だった恋しいイーサンの夢ばかりだ。あのころはどんなに大人びた行動をしようとも、イーサンは自分を一人前の女性と見なさなかった。

アラベラは片思いだと思っていた。だから音楽に逃避したのだ。彼女はイーサンへの愛を鍵盤《けんばん》にたたきつけていた。そしてその情熱が音楽の世界へのデビューにつながっていったのだ。二十一歳のとき、国際コンクールで優勝し、莫大《ばくだい》な賞金を獲得したあと、ただちにレコーディング契約のチャンスが訪れた。

クラシックのピアニストの収入が法外に少ないことはよく知られているが、アラベラの場合は、ポップスの演奏を試みたことで活路を開くことができた。アルバムの売れゆきも好調で、次々とレコーディングの依頼が舞いこみ、名声もあがっていった。

父はリサイタルと演奏旅行の生活に彼女を追いこもうとした。内気な性格のアラベラは極力抵抗しようとしたが、それでも、ずっと父の言いなりになってきた習慣をかえるのはむずかしく、結局は自分の主張を通せずじまいになってしまった。イーサンをはじめとする他人の男性になら、なんのためらいもなく、対等に話すことができるのに、父は別格だったのだ。

母がずっと以前に亡くなってからというもの、父だけを頼りにする生活だった。音楽の道に強引に引きこもうと指図する父にはむかい、落胆させることはできそうもなかった。イーサンはそうやって父が娘を自分の思いどおりに操るのを嫌悪してはいたが、アラベラに拒絶しろとすすめたことはなかった。

ジェイコブズビルに暮らすようになってからは、イーサンは兄のような存在だった。だがそれも、入江に泳ぎに連れていかれてから、すっかりかわってしまった。ミリアムはファッション雑誌の撮影で西部の牧場をバックにする企画のために訪れてはいたが、当初イーサンは関心もなさそうだった。しかし、入江でアラベラにキスをし、あと少しで最後の一線を越えそうなところまでいったあと、手の平を返したようにミリアムに急接近したのだ。

ミリアムがほかのモデルにハーダマン家の財力を動かすことができるようになったと吹《ふい》

聴《ちょう》し、イーサンを誘惑したのは富裕な生活がしたかったからだと本心を明かしたことを耳にしたとき、愛する人が物欲を満たすために利用されたことに我慢できなかった。だからイーサンにすべてを伝えて警告しようとしたのだ。

イーサンはアラベラの言葉を信じようとしないどころか、ミリアムへの嫉妬《しっと》だと非難した。〝成人にもなっていない、世間知らずが、なにを生意気な、すぐに牧場から出ていけ〟となったのだ。そしてアラベラは牧場を飛びだし、音楽学校に戻った。

そのイーサンが自分の面倒を見てくれるなんてあまりにもおかしい。なにはなくても健康だけは自信があったのに、よもや入院するような事態になるなんて。それに、いくら父が希望したからといって、イーサンがかけつけてくれるとは思ってもみなかった。結婚してからの彼は、アラベラがメアリーやコリーンを訪ねても、顔を合わすまいとし、徹底して無視しようとしていたのだから。

メアリーとマットの夫婦はイーサンとマット兄弟の母コリーンと、広大なハーダマン邸に同居していた。コリーンはアラベラが親友のメアリーを訪れるたびに歓迎してくれたが、イーサンだけは冷たく、言葉さえかけようとしなかった……。

アラベラは当然だと思っていた。ミリアムとの婚約を発表したときに、イーサンの気持ちは明らかになったのだから。婚約のニュースに驚いたのはコリーンだけではなかった。しかも式を急いだことが、ゴシップを生み、長いあいだ噂された。やがてミリアムが妊娠したわけではないことが明らかになったとき、今度はイーサンの熱愛ぶりが人々の話題にのぼったものだ。それにしてはさめるのが早すぎたのだ。ミリアムは半年後に荷物をまとめて出ていき、イーサンはひとり失意のまま残された。ミリアムがなぜ結婚してすぐに別居し、しかも離婚を渋っていたか、アラベラには不可解だった。

記憶がかすんでいく。悩みも不安もぬぐいさってくれる深い眠りに、アラベラはようやく身をゆだねた。

2

ふたたびアラベラが目覚めたのは、翌日の昼ごろだった。ギプスのなかの手がずきずきとうずく。痛みをこらえているうちに、事故の記憶が忽然《こつぜん》とよみがえってきた。ものすごい衝撃のあとで、ガラスがわれる音と自分の悲鳴が聞こえたのを最後に、なにもわからなくなってしまった……。あのときのパパは責められない。避けられない事故だった。パパはわき道から飛びだしてきた車をよけようとして、歩道に乗りあげ、電柱に激突してしまったのだ。手首の骨折はともかく、命に別状がなくてよかったと思う。でも、パパのほうはわたしの演奏活動がふいになるのではないかと不安がっているかもしれない……。そのことは今考えたくなかった。くよくよするのはやめておこう。

そういえば、わたしたちの乗っていた車はどうなったのだろう。コーパス・クリスティでのチャリティ・コンサートのあと、ジェイコブズビルに向かう途中だった。父はジェイコブズビルに行く理由を明かそうとしなかったが、アラベラはなつかしい町でひと休みする気なのだろうと察していた。イーサンに会えるかもしれないという期待で胸をはずませてもいた。でもまさかこんな形で再会しようとは思ってもみなかった。

事故の現場がジェイコブズビルに近かったので、この病院に運びこまれたのだろうが、ダラスに移されたパパがどうしてイーサンに連絡をとったのだろう。あんなに嫌っていた男に娘の世話を頼むなんて。答えが出ないうちに、ドアが開いた。

イーサンが相かわらずの憮然《ぶぜん》とした表情で、コーヒーカップを片手に入ってきた。初対面のときから、あの威圧的な態度に好奇心をそそられたものだ。

彼は風がわりな名前どおりの人だった。名前の由来のことは知っていた。母親のコリーンが『捜索者』に主演したジョン・ウェインのファンだったことから、役の名を長男につけたのだ。ちなみにイーサン・ハーダマンのミドルネームはジョンだったが、家族以外にそのことを知っているものは少なかった。

アラベラはイーサンの容姿に引かれた。彼はロデオのカウボーイのようなからだをしていた。広い肩に引きしまったウエスト、そして形のいい長い脚。目鼻だちも魅力的だ。日焼けした浅黒い肌に光るグレーの瞳は、そのときどきによって銀色にも淡いブルーにも見える。手の指は長く、きれいに切りそろえた爪の形も整っていた。

病室に入ってきた彼を、アラベラはぼんやり見つめた。ブルーのチェックのウエスタンシャツにグレーのデニムのズボン、そして黒いブーツ姿がとてもよく似あっている。

「やつれたな」そのひと言で、ロマンティックな気分は吹きとんでしまった。

「ありがとう……」昔の元気をとり戻そうとして、アラベラは無理に明るく言った。「今の気分にぴったりのほめ言葉だわ」

「すぐにもとどおりになるさ」彼はアラベラの皮肉にひるんだようすも見せない。肘かけ椅子に寄りかかって、おもむろに脚を組むと、コーヒーカップを口に運ぶ。「母さんとメアリーもじきに来るだろう。どうだい、手の具合は？」

「痛むわ」アラベラは短く答えた。けがをしていないほうの手で髪をかきあげると、頭のなかからバッハの《プレリュード》とクレメンティの《ソナチネ》のメロディーが聞こえてきた。音楽なしではいられない。自分に活力を与え、生きているという気分にさせてくれるのは音楽だった。

「なにか手あてをしてもらったのかい？」

「ええ、ほんの少し前に。まだ痛みはあるけど、前よりはましになったわ」イーサンを安心させなくては。危険人物が入ってきたとばかりに、看護師が逃げるように去るのがわかった。自分のためとはいえ、また病院側に文句を言ったりしてほしくない。

イーサンは苦笑した。「別に病院側に文句をつけるつもりはないんだ。ただちゃんと処置してもらってるか確かめたかっただけだよ」

「もらってますとも」アラベラはむきになって言った。「退院が遅れたら辞表を出すっていう先生がふたりもいるって聞いたわ」彼女は目をそむけて、さらに続けた。「それにしても、敵対人物につきそっていただくとは思ってもみなかったけど」

イーサンが表情をかたくする。「敵対人物なんかじゃないさ」

「違うの？　最近はずっと疎遠だったんじゃなくて？」アラベラは吐息をついた。「ミリアムとのこと、うまくいかなくて残念だったわね、イーサン。わたしが言ったことが原因じゃなければいいけど……」

「もうすんだことだ。その話はやめよう」

「わかったわ」アラベラは彼の鋭いまなざしにいすくめられてしまった。

イーサンはコーヒーを飲みながら、アラベラの華奢《きゃしゃ》なからだを探るように見る。「前よりやせたね。いずれにせよ、休養が必要だったんだよ」

「そんな贅沢《ぜいたく》ができる身分じゃなかったの。今年になってようやく少しゆとりができたぐらいなのよ」

「お父さんがなにか仕事をすればいいんだ」イーサンはにべもなく言う。

「あなたには関係ないことでしょう、イーサン」アラベラは彼をじっと見すえて言った。

「もうずっと前に縁が切れてるんですもの」

イーサンは顔をこわばらせたものの、彼女のほうに目を向けたまま言った。「そんなこと、言われなくてもわかってるよ。それはそうと、母さんとメアリーがきみのために、ゲストルームを整えてる。マットはモンタナのせりに出かけて留守なんだ。だからメアリーには話し相手ができてちょうどよかっただろう」

「おばさまはわたしを滞在させるの、おいやじゃないのかしら」

「母さんはきみのことが気に入ってるんだ」

「いい方だわ。おばさまって」

「ぼくは違うのかい？」イーサンはしげしげとアラベラを見た。

アラベラは頭を枕《まくら》にもたせかけたまま、かぶりをふった。「なんだか神経がずいぶん繊細になったみたいね、イーサン。あなたを侮辱する気なんかなくてよ。今度のことではとても感謝してるし」

イーサンがコーヒーを飲みほす。一瞬ふたりの視線が火花を散らした。

「感謝なんか望んでないよ」

感謝どころか、愛情だって、彼は望んでいないにちがいない。

「ダラスのパパの病院へは電話してくださったの？」

「今朝早く、おじさんのところに電話したんだ。眼科の専門医がきょう診察するそうだよ。でも、そんなにたいしたことじゃないらしい」

「わたしのことは気にしてるのかしら？」

「もちろんだよ。きみの手のことは知らされたそうだ」

アラベラはどきりとした。「それで？」

「黙りこんでたっておじさんは言ってた」イーサンは苦笑した。「どう言ってほしかったんだ？　きみの手に支えられて暮らしてたんだからな。お父さんにしてみればいよいよ自分が働かなければならないってことがわかって、自己憐憫《れんびん》に陥ったんじゃないのかな」

「なんてことを！」アラベラは声を荒らげた。

イーサンは平然としている。「きみのお父さんの人となりはわかってるつもりだ。きみもだろう？　これまでお父さんの言いなりになってきたにしても、今度のことで、独立できるチャンスがつかめるかもしれないじゃないか」

「今のままで十分だわ」アラベラはつぶやいた。

彼がじっと自分のほうを見つめているのがわかる。重苦しい沈黙が漂った。外の通りを走る車の音が耳につく。

「ここに入ったときにぼくに言った言葉を覚えてるかい？」

アラベラは頭をふった。「覚えてないわ。痛みがひどかったから」嘘《うそ》を見破られるのが怖くて、目をそらす。

「入江でのことを覚えてるかって聞いたじゃないか」

頬がほてってきた。アラベラは眉をひそめ、指先でガウンをもてあそんだ。

「どうしてそんなことを言ったのかしら。もう昔のことなのに」

「たかが四年が昔のことなもんか……。覚えてるよ。忘れられるものなら忘れたいんだが」

そうでしょうとも。アラベラは内心傷ついていた。彼と視線を合わせたくない。さぞあざけるような色が浮かんでいることだろう。

「あら、なぜ?」できるだけさりげなく聞こえるように、問いかける。「あのとき、聞かされたわよね。ずっとミリアムのことばかり考えてたんだって」

「ミリアムなんか知るもんか!」勢いをこめて立ちあがった拍子に、コーヒーがこぼれかけ、熱いしずくが手にかかった。が、イーサンはあわてもせず、窓の外に目をやる。

今さら説明や弁解など試みても無駄だと思っていた。もちろん、アラベラを抱いたときの記憶は色あせることはなく心に残っている。結局口に出せずじまいだったけれど。アラベラの父から事故にあったことを聞かされたときは、一瞬とてつもない恐怖に襲われ、気を失ってしまいそうになった。彼女が死んでしまうのではないか……そう思うと、気がどうにかなりそうだった。病院にかけつけ、命に別状がないとわかるまで、いてもたってもいられなかったのだ。

「ミリアムからは連絡はなかったの?」アラベラは問いかけた。

イーサンはふりむかずに答えた。「離婚が決まった先週まではなしのつぶてだったんだが……」苦笑しながらさらに続ける。「実はよりを戻したいって言ってきたんだ」

アラベラの心は沈んだ。これでかすかな望みも絶たれてしまった……。「あなたもそうしたいの？」

イーサンはベッドわきに戻った。目に怒りの色を浮かべている。「したくなんかないさ。離婚を承知させるのに何年もかかったんだ。そのうえまたわなにはまるようなことを望むとでも思ってるのか？」

「あなたがわからないわ、イーサン」アラベラは静かに言った。「今までだって、そうだったけど。でもあなたがミリアムを愛していたのは確かよね」伏し目がちになって続ける。「あの人が恋しくて戻ってほしいってあなたが言ったんだとしても不思議には思わないわ」

イーサンはそれにはこたえず、ベッドのそばの肘かけ椅子に腰をおろし、脚を組んだ。無意識にコーヒーカップをもてあそんでいる。ミリアムを愛してただって？　確かに彼女に欲望を感じていたことはあった。だが愛は……？　ない。ああ、このことをアラベラに打ちあけられるものなら。だがぼくは気持ちを隠すことに慣れすぎてしまった……。

カップを椅子のかたわらに置く。「一度壊れた鏡ははりあわせるより、はりかえたほうがいいって言うじゃないか」イーサンは彼女をじっと見つめたまま言った。「よりを戻すつもりはまったくない、というのは確かなんだが」話しているうちに、ふとミリアムとのことを切りぬける策を思いついた。「そうだ、きみに力になってもらえるかもしれないな」

アラベラの胸がはずんだ。「なんですって？」

イーサンは探るような目をして見ている。「きみはこれまでお父さんに縛られて暮らしてきたのに、それをふりほどく勇気がなかった。でも、今がそのチャンスじゃないかな」

「どういうことかしら」

「わからないかな。きみは察しはいいほうだったのに」イーサンはポケットからたばこをとりだした。「別に吸いたいわけじゃないんだ」アラベラの気持ちを思って言う。「なにか手に持っていたいだけだ……。つまりね、きみとぼくとがいい仲だっていうふりをするんだ」

アラベラは思いもかけぬ言葉に驚いた。かつて自分を追いはらっておきながら、いい仲になったようなふりをしろなんて、あまりにもひどすぎる。

「唐突な話だとあきれただろうね」アラベラの表情を見てとって、イーサンは言った。「だけど考えてみてくれないか。ミリアムが来るのは一、二週間先なんだ。ゆっくり作戦を練る余裕はある」

「どうして……来るなって直接言わないの？」アラベラは口ごもりながら尋ねた。

イーサンはブーツに目を落としている。「そう言うことくらいできるさ。だけどそれでは解決にならない。このあともつきまとわれることになる。一番いいのは、もうつきまとわれないような理由をこしらえることなんだ」

「わたしたちがいい仲だって聞いたらミリアムは笑いだすんじゃないかしら。あなた方が結婚したとき、わたしは十八で、彼女はわたしがライバルだなんて考えもしなかったのよ。

事実そうだったけど。それは、今も同じだわ」アラベラはさらに続けた。「わたしは音楽の才能にはめぐまれたけど、美しくないわ。あなたに思われてるなんて、ミリアムが信じるわけないわよ」

イーサンは内心の動揺を見せまいと努力していた。アラベラの皮肉のこもった言葉が胸につきささる。自分がどれほど彼女を傷つけたかを思いだしたくなかった。あのときはあするしかなかったのだ。だが今さら弁解してみたところで、なんにもならない。

当時の気持ちがよみがえってくるのを感じながら、イーサンはじっとアラベラを見つめた。二度までも彼女を手ばなすなんて、ぼくに耐えられるだろうか。だが、こうすることで彼女と数週間をともにできるのだ。なにもないよりはましだ。少しは甘美な思い出をつくれるかもしれない……。

「ミリアムはばかじゃない」イーサンはようやく口を開いた。「きみはもう大人の女性で、名声も得ている。昔の田舎娘じゃないんだ。きみからもらさないかぎり、音楽ひと筋だったなんてわかるまい」グレーの目が彼女を探るように見つめる。「それに、いくらお父さんの監視がきつくても、男性とつきあわなかったわけじゃないんだろう?」

「裏切られるのはこりごりしたの」アラベラは即座に答えた。「あなたに夢中だったのに、捨てられたんですもの。二度と同じ思いはしたくないわ。これからもそのつもりよ。わたしには音楽があるわ、イーサン。それだけでいいの」

彼には信じられなかった。アラベラがこれほどショックを受けていたなんて。もしかしたら、鎮静剤のせいで理性を失っているのかもしれない。

「音楽に頼れなくなったとしたら、どうするつもりなんだ？」イーサンは思わず聞いてしまった。

「そうなったら自殺するわ」アラベラはきっぱりと言った。「音楽を失ってまで生きていたくなんかないもの」

「そんなの臆病《おくびよう》者のすることだ」内心ぎくりとしたことを隠そうとして、イーサンはにべもなく言いかえした。

「そんなことないわ」アラベラも負けていない。「コンサート・ツアーの生活に追いやったのはパパだけど、わたしは苦にならなかったわ。もちろんつらいことがなかったわけじゃないけど。聴衆を気にするほうじゃなかったから、むしろ楽しんでたわ」

「結婚のことをどう思ってる？　子供のことは？」

「どっちにも関心ないわ」アラベラは目を伏せて答えた。「わたしの人生はもう決まったようなものなの」

「父親に決められて黙ってるって言うのかい」イーサンは腹だたしげに言った。「右を向けって言われたらそのとおりにするって言うのか」

「わたしがどうしようと勝手でしょう」グリーンの目がいどむように見すえている。「パパがわたしを利用しようとするってあなたは言うけど、そういうあなただって、ミリアムを撃退するためにわたしを利用する計画なんじゃないの」

グレーの目が細くなる。「驚いたな」

「なにが？」

「自分の父親には文句ひとつ言わないのに、ぼくにはこんなに反抗するんだからな」

「それなりの理由があるからよ」アラベラは指をきつく握りあわせた。「パパはずっと近寄りがたかったわ。わたしの才能にしか関心がないみたいだった。だから有名にさえなれば、愛してもらえると思ったの」アラベラは苦笑した。「でも、こんなことになっちゃって……。もしもピアノが弾けなくなったら、パパはわたしのことなんかどうなってもかまわないって思うでしょうよ、きっと」うるんだ瞳で彼を見あげる。「あなただってそうだわ。ミリアムをあざむくためじゃなかったら、わたしなんか相手にしないくせに。それでもパパのことをどうこう言えて？」

イーサンはたばこを持っていないほうの手をポケットにつっこみ、穏やかに言った。

「自分をずいぶんと悲劇のヒロインにしたてあげたもんだな」

アラベラは顔をそむけ、目を閉じた。「でも、わたしは自分がどこが悪いかわかってるわ。とにかく、あなたの頼みは引き受けるわ。そのかわりパパとのことには口を出さないでね。今度のことがあったあとで、もうパパとは会えないような気がしてるの」

「手がもとどおりになったら、会えるさ」イーサンは火のついていないたばこで灰皿をたたいた。「母さんとメアリーを迎えにいってくるよ。きみの着がえをとりにいかせた者もじきに戻るだろう。そしたらついでに届けるから」

「ありがとう」アラベラはこわばった声で言った。

イーサンがベッドのそばまで来て、気づかわしげに見つめる。「ぼくも人に頼るのはあまり好きなほうじゃない。だけど、今のきみはだれかに頼らざるをえないんだ。そして頼る相手はぼくしかいない。きみが全快するまで責任を持って面倒を見るよ」

アラベラは彼と目を合わせた。「それはそうとミリアムに芝居だって見破られないようにする作戦は考えてあるの？」

「そのことが気になるらしいね。彼女の目の前でベッドに入るとでも思ってるのかい？」

アラベラの頬に血がのぼった。「まさか！」

「心配ない、そこまでは要求しないから。ぼくのほうを見てにっこり微笑《ほほえ》みかけてくれて、ときどきは手でも握りあってくれれば、目的は果たせるだろう。もしそれでもだめだったら、婚約を発表するまでさ」彼女の顔つきを見てとって、イーサンは言いそえた。「あとで破棄すればいいんだ。それに、そこまでやらなければならないとしたらの話だし」

アラベラの心は乱れていた。聞くほうがどんな気持ちにさせられているか知りもしないで、彼は言いたいことを言っている。たまらないほど彼を愛していても、片思いであるのは歴然としていた。

ミリアムを近寄らせないようにすることぐらい、ひとりでできないのだろうか。まだ彼女を愛しているからこそ、よりを戻すのが怖いのかもしれない。アラベラは目を閉じた。理由はなんであれ、自分の気持ちはしまっておこう。

「じゃあ、任せるわ」しばらくして、彼女は言った。「もう疲れたわ、イーサン」

「ゆっくりおやすみ。また来るから」

アラベラは目を開いた。「かけつけてくださってありがとう。パパがいくら頼んだからといって、まさか来てくださるとは思わなかったわ」

「きみはぼくがお父さんのためならなんでもするとでも思ってるんだね?」

「そして、わたしの言うことは聞いてくれないと……」アラベラは冷ややかに言った。「だって、以前にあれほど嫌われてしまったんですもの。今さらかわるとは思えないわ。ミリアムとのことなんか言いだすべきじゃなかったのに――」

が、アラベラが言い終わらないうちに、イーサンは出ていってしまった。

イーサンはやがてコリーンとメアリーをともなって戻ってきたが、アラベラに顔を見せないで帰ってしまった。

小柄で上品なコリーンは、アラベラが描く理想の母親のイメージにぴったりの女性だった。いつもはつらつとしていて思いやりにあふれている。アラベラとメアリーにも、他州に嫁いでいる実の娘ジャン同様に愛情をそそいでくれた。

「イーサンが家にいるときでよかったわ」コリーンが言った。メアリーはとび色の目をしばたたかせながら、耳を傾けている。「離婚が決まってからは、四、五日おきに、家をあけていたのよ。おもに仕事で出かけてるんだけど、怒りっぽくてね、いつも口げんかばかりしていたのよ」

「離婚のための調整が大変だったんじゃないかしら」アラベラは穏やかに言った。「名ばかりの結婚でも、いい加減にことをすますタイプの人ではありませんもの」

「結婚してひと月もたたないうちにだれかれかまわず浮気するようなミリアムとは大違いよね」コリーンの語調が強くなった。「あの人、息子を愛してないことが知れ渡ってしまったのに、どうしてあんなに離婚を渋っていたのかしらね」

「テキサスでは離婚後の扶助料がもらえないからだわ、きっと」メアリーが苦笑を浮かべて言った。

「扶助料は出すからって言ったのよ」コリーンがそう言うと、メアリーとアラベラは驚いた。「それなのにいやだって言うの。でも噂《うわさ》によると、カリブ海で再婚相手らしき男を見つけたらしいの。きっとそれで離婚を承諾したのね」

「それなのにどうして彼女はよりを戻したがっているのかしら?」アラベラが尋ねる。

「イーサンを困らせてやろうってつもりなのよ、きっと」コリーンの声が沈んだ。「あの人は平気で人の心を傷つけるような言葉を口にするのよ。イーサンも負けずに言いかえしてはいたけど、絶え間なくからかわれたり、侮辱されたりしてると、いくら強い男だってまいってしまうわよね。ミリアムったら、イーサンの取り引き先を招待したディナーパーティでも、ふしだらなことをしようとしたのよ。イーサンは自分の書斎に入ろうとしてその現場を目撃してしまったの」

アラベラは目を閉じ、ため息をついた。「なんてひどいことを」

「それだけじゃないのよ」コリーンはなおも続けた。「ミリアムは自分がイーサンに愛されてなかったってことをさとってしまったのね。イーサンはわたしにもそう言ったし、ミリアムには面と向かって言ったと思うわ。そのころから、ミリアムは彼をますます苦しめるようなことをしほうだいになったの。あの子はすごく保守的なタイプでしょう。ミリアムが仕事の取り引き先の人と噂になることをなんとも思っていないのがわかって、ひどいショックを受けたらしいのね」コリーンは身をふるわせているように見えた。「とりわけプライドが高いのを知ってて、それをいためつけようとしたのが的中したわけ。イーサンは人がかわってしまったわ。もともと内にこもるタイプだったけど、結婚してからますます気むずかしくなってしまったのよ」

「それでなくても、気むずかしい人ですもの。さぞやと思いますわ」アラベラが言う。

「あなたならあの子をかえられてよ」コリーンは笑みを浮かべて言った。「めったに見せない笑顔を、あなたと話しているときは見せてたもの。いつだったか、ピアノの弾き方を教えてくれたでしょう。四年前の夏はあの子が一番幸せそうに見えたわ」

「そうかしら」アラベラは苦笑した。「ミリアムのことでひどいけんかをしたんです。彼、わたしの言ったことを絶対許してくれないような気がするわ」

「男は、自分のほんとうの気持ちを隠すために怒ることもあるのよ、アラベラ」

「そうよ」メアリーもうなずいた。「マットとはひどい言いあいをしたことがあるけど、やっぱり彼と結婚してしまったもの」

「イーサンはもう結婚にこりごりしたんじゃないかしら」アラベラはコリーンのほうをちらっと見てから言った。「だって、そんなにミリアムに傷つけられたんですもの」

「そうね」コリーンは悲しそうにうなずいたあとで、話題をかえた。「ところで、アラベラ。あなたが静養に来てくれるのを、わたしたちとても楽しみにしてるのよ。話し相手ができてうれしいわ」

　ふたりが帰ったあとも、アラベラはコリーンの言葉を思いかえしていた。イーサンが、ひとりの女性にそれほど打ちのめされるなんて想像できない。ミリアムには男心をとりこにするような魅力があるからなのだろうか……。アラベラはみじめな気分になった。自分と比べたら、どんな男性だってミリアムのからだのほうに引かれるだろう。そのうえ彼女は魅力的にふるまう術《すべ》を心得ている。イーサンが夢中になったのも無理はない。わたしなんか比べものにならないのだろう。

涙でうるんだ目をあげると、看護師がとてつもなく大きな花束を抱えて入ってくるところだった。カードはついていなかったが、こんなすてきなプレゼントをしてくれる相手はコリーンしか思いあたらない。あした礼を言うのを忘れないようにしなくては。

その夜は長かった。痛みのために眠りが浅く、イーサンの夢ばかり見る。ふと目がさえて、天井を見つめていると、あの夏の日のことがよみがえってきた。蜂《はち》の飛びかう音が聞こえてくるような気がする。まわりに野生の花が咲き乱れていて、泳ぐのにほどよい深さの入江をめざして、午後、イーサンとふたりきりで出かけたのだった……。

歩いてもさほど遠くはないところだったが、テキサスの強烈な日ざしを避けるため、イーサンは車に乗せていってくれた。まっ白な水着しか身につけていない彼は、まぶしいぐらい魅力的だった。広い肩、引きしまった腰、ブロンズ色に日焼けした胸……。彼のからだを間近に見るのは、はじめてだったので、アラベラは目のやりばに困ってしまうほどだった。

アラベラはおとなしいワンピースの水着を身につけていた。その日、アラベラはジャンのところに遊びにきたのだったが、たまたま留守で、無駄足になろうとしたところを、イーサンに見とがめられ、意外にも泳ぎにいかないかと声をかけられたのだ。

二十代なかばのイーサンがよもや自分のような学生を相手にしてくれるとは思ってもみなかったので、アラベラはうろたえてしまった。アラベラがジャンを訪ねるときは不思議とイーサンがいあわせるのだったが、いつもよそよそしく近寄りがたい感じだった。それなのに、熱い視線が自分を追いかけているような気がして、意識するたびに心が騒いだものだ。それというのも、アラベラは長いあいだイーサンに思いを寄せていたからだった。いつかふたりきりになりたいという心に秘めていた夢は、この日突然かなうことになった。

イーサンに恋心を抱くようになったのは、学校のダンスパーティがきっかけだった。ジャンとマットとメアリーと一緒にパーティに出かけたとき、イーサンが送ってくれたのだが、意外にも、彼はすぐ帰ろうとはせず、残ってアラベラをダンスの相手に選んだのだ。その踊り方があまりにも親密だったので、ジャンとメアリーにからかわれたほどだった。それが発端になったのだ。たった一度のダンスがアラベラの心をとりこにしてしまった。以後、アラベラは熱い思いをいっぱい秘めた目で、遠くから彼の姿を追い求めるようになっていた。

入江に着いてからのふたりは、ぎこちない雰囲気を感じとっていた。アラベラは自分のからだを這《は》いまわる熱い視線を意識してしまい、彼と目が合うたびに頬が染まるのを抑えられなかった。

「音楽学校は楽しいかい?」ふたりで水辺の草の上に腰をおろすと、イーサンはたばこの煙を吐きながら尋ねた。

アラベラはあわてて彼のたくましい胸板から目をそらして答えた。「楽しいけど、ホームシックになるときもあるわ」手で草をもてあそびながら言う。「マットもあなたもお忙しそうね」

「それほどでもないさ」そう言うと、イーサンは瞳をきらりと光らせ、アラベラの目をのぞきこもうとした。「手紙をよこさないそうじゃないか。ジャンが心配してたよ」

「暇がないの。いつも時間に追われていて」

「デートで忙しいのかい?」

「まさか!」アラベラは顔をあげた。「そんな余裕ないわよ」

「そりゃあ意外だな」イーサンはたばこの火をもみ消した。「意外といえば、この前かわった客があったよ。コマーシャルの撮影をしたいと言ってね、牧場をバックにする企画だからって、カメラマンたちがやってきたんだ。モデル連中が牛をおもしろがってね。そのうちのひとりが真顔で聞くのさ、ミルクは尾っぽを引っぱると出るのかって」

「なんて答えたの?」

「試しにやってごらんって言ってやったよ」

「あきれたわ!」

見あげたとたん、こちらを見ているグレーの目に吸い寄せられてしまった。笑いが消え、からだがぶるっとふるえる。イーサンは不意に立ちあがると、彼女のそばにやってきた。

「ぼくの気を引こうとしてるのかい、アラベラ?」イーサンは尋ねた。アラベラの目がたくましいからだに見とれているのを承知していながら、彼女の前に立ちはだかっている。

アラベラはまっ赤になった。「とんでもないわ! ただ……目がいってしまっただけよ」

「さっきからずっとじゃないか」

イーサンはアラベラを両足のあいだにはさみこむようにしてひざまずいた。彼の視線が自分の胸のふくらみにはりついている。彼女が思わず胸を隠そうとしたとき、がっちりと手首をつかまれ、両わきに押さえこまれてしまった。

「イーサン、どういうつもり……」アラベラはかすれた声でつぶやいた。

「じっとして」低い声でさとすように言ってから、イーサンは胸と胸をそっとふれあわせながら、徐々に上体を傾けていく。そして彼女の唇にそっと自分の唇を重ねた。

突然のキスにアラベラはあえぎ、思わず目を見はる。

イーサンはおもむろに顔をあげ、アラベラの目をじっと見つめながら言った。「ジャンがやたらにデートの相手を世話してたみたいだったが、ぼくときみがこんなふうになるなんて考えたことがあったかい?」

「いいえ」アラベラはどぎまぎしながら答えた。「わたしみたいな年下には関心がないと思ってたわ」

「バージンは別さ」イーサンが言う。「きみはまだ未経験なんだろう?」

「ええ……」

「さあ、口をあけてごらん。そして舌と舌をからませるんだ……」

彼の舌がさし入れられたとき、アラベラは思わずうめいてしまった。イーサンも低い声をもらし、腰をぴったりと押しつけてくる。

アラベラが動揺しているのをからだで感じとったのか、彼のたくましい手がなだめるように背中を愛撫《あいぶ》する。ちくちくとくすぐる草の感触を意識しながら、アラベラはイーサンのやさしい目にじっと見入っていた。

「怖いのかい?」イーサンはそっと問いかけた。「でもこうやって抱きあっているだけだから、心配しないで。大丈夫、最後の一線は越えないと約束するから」

イーサンは指先をアラベラの肩から胸のふくらみにかけて這わせていく。アラベラは、彼の愛撫を求めてからだがふるえるのをどうすることもできなかった。

「どうしてほしいかはわかっている」イーサンはやさしくささやいた。「こういうことをされたことがあるのかい?」

「はじめてよ」アラベラはかすれた声で答えた。そしてふるえるからだを支えようとして、イーサンの腕をつかむ。

イーサンの表情がかわった。顔が引きしまり、目があやしい光を帯びる。

「水着を腰までさげてごらん」有無を言わせぬような言い方で命令する。

「いやよ！」アラベラはまっ赤になって声をあげた。

「さわりながら、きみを見ていたいんだ。裸で抱きあうとどれほど気持ちがいいものか、きみにわからせたいしね」

「でも、そんなことはじめてだから……」アラベラが弱々しい声で言う。

イーサンは穏やかな声で問いただした。「アラベラ、はじめてのことをしたい相手がほかにいるのかい？」

嘘はつけなかった。「いないわ」アラベラは正直に言った。「見せてもいいのはあなただけよ」

彼の胸が波打つ。「ぼくだけか」イーサンは吐息をついた。「見せてくれ」

アラベラはおもむろにストラップから腕をぬき、水着を押しさげていった。上半身が裸になるさまを、イーサンはくい入るように見つめている。豊かな胸があらわになると、グレーの目が吸いこまれたかのように動かなくなった。やがてふたりが見つめあい、肌がじかにふれあった瞬間、アラベラはびくっとふるえ、息をとめた。

「あなたがはじめての人になるなんて、思ってもみなかったわ」アラベラはかすれた声で言った。

ねた。

「ぼくもだよ」と答えながら、片手で彼女の胸をそっと撫《な》でる。そして彼女の唇に唇を重

アラベラのからだは熱く燃えあがっていた。彼を欲し、求めている。もっとぴったりとからだをふれあわせたくて、からだをさらに押しつける。燃えるようななにかにかきたてられていた。アラベラは両手を彼のウエストにまわした。すると彼の両手が背中にまわり、ぎゅっと抱きすくめられる。アラベラはこらえきれずに声をあげてしまった。

突然イーサンは唇をはなし立ちあがった。彼の目には苦悩の色が浮かんでいる。イーサンは苦しそうに息を吐き、うめくような声を出すと、水のなかに飛びこんだ。アラベラははっとしたまま、ストラップをあげるのも忘れていた。

ようやく水着を整えたとき、イーサンは水からあがって彼女の前に立った。そして片手をさしだすと、いきなりアラベラの手をつかんで、唇を寄せる。

「きみを奪う男がうらやましいよ、アラベラ」イーサンは言った。

「こんなことをしたのはなぜ？」アラベラが恐る恐る問いかける。

イーサンは目をそらした。「ちょっと気晴らしをしたかったってとこかな」と言ってから、タオルをとろうとして背を向ける。「バージンははじめてなんでね」

「まあ」

アラベラが帰り支度を終えて、車のところに来るまで、イーサンはじっと彼女を見つめ

ていた。

「たいしたことじゃないんだから、気にしないでほしいね」ドアをあけながら、イーサンは言った。

気にしないでいられるわけないじゃない。そう思ったが、アラベラはせきばらいをしてから答えた。「気にしたりなんかしないわ」

「よかった。初体験の手ほどきが面倒になったわけじゃないけど、束縛されたくないんでね」

イーサンの言葉は胸につきささった。彼ははじめからそのつもりだったのだろう。自制心を失いそうになったのはうかつだったと顔にかいてある。

「手ほどきをお願いしたつもりはなかったけど」アラベラはぴしゃりと言った。

イーサンがからかうような笑みを浮かべる。「なかったって？ぼくにからだを投げださんばかりのように見えたのは、ぼくの思いすごしだったのかな。きみはぼくを求めていたんだ、アラベラ。相手に選ばれたことは光栄だったけど、バージンはキスぐらいがせいぜいだな。ベッドをともにするのはちょっと遠慮するよ」

アラベラの手がイーサンの頬に飛んだ。彼の言葉がぐさりとつきささったからだ。イーサンのほうはたたきかえさなかった。それどころか、びくともせず、あざけるような、冷ややかな笑みを浮かべて立っている。

やがてふたりは車に乗りこみ、帰途についた。

週があけてからのイーサンは、どこへ行くのもミリアムと一緒だった。ミリアムがモデル仲間に言いふらしている言葉が耳に入り、アラベラは気まずい間柄となっているのもかまわず、彼に知らせようとしたのだったが、すでに遅すぎた。イーサンは笑いとばし、嫉《しっ》妬《と》だと決めつけ、もう二度と顔も見たくないとつきはなしてしまった……。

四年の年月がたった今でも、彼に言われた言葉のひとつひとつがはっきりと耳に残っている。イーサンも自分と同じように覚えているのだろうか……。

疲れ果てたアラベラは、傷の痛みにさいなまれながらも、ようやく眠りについた。

3

イーサンと家族はビクトリア朝風の広大な二階建ての屋敷に住んでいた。テキサス南部の平原はゆるやかに起伏して、地平線のかなたまで広がっている。大牧場は昔の西部劇のセットさながらと言えそうだったが、フェンスだけは、映画に出てくるような優美なしろものではなく、実用本位の頑丈なつくりだった。

ジェイコブズビルはヒューストンにも車で行ける距離にあり、ビクトリアにもほど近い。こぢんまりとした町のたたずまいはいつ見ても心がなごむ。アラベラは町の住民のほとんどと顔なじみだった。町一番の飼育場を経営しているバレンジャー兄弟をはじめ、町の名の由来となったジェイコブズ家――とりわけ、タイラーとシェルビーとは親しい間柄だった。

小さな塔のついたエレガントなハーダマン邸は、雑誌の紙面を飾るにふさわしい美観を呈している。内部にはアンティークがあり、開拓時代のもののほかに、英国製品も残っていた。それというのもハーダマン家の初代がロンドン出身だったからだという。ハーダマン家は先祖代々の資産家だった。その資産は、十九世紀後半に西部一帯がブリザードに襲われ、牧場の半数がなぎ倒されたころ築かれた。正式な家名は、ハートモンドだったのだが、書き間違いが生じ、しまいにはハーダマンとなってしまったと伝えられる。

暖炉の上に飾ってある肖像画の人物とイーサンとはよく似ている。ゲストルームにコーヒーを持ってきてくれたイーサンを見ながら、性格もそっくりなのではないか、とアラベラは思った。額縁のなかの顔は冷ややかで、人を寄せつけまいとするようないかめしい表情をしている。

「こんなお部屋をいただいてはもったいないわ」アラベラは恐縮して言った。

イーサンが肩をすくめる。「部屋なんかいっぱい余ってるんだから」高い天井を見あげながら言う。「ここには祖母がいたんだ。八十で亡くなったんだけどね、若いときはプレイガールだったらしい。曾祖母《そうそぼ》も婦人参政権運動をやってたって言うからな」

「まあ、すごい」アラベラは笑い声をあげた。

「生きてたら、気に入られたよ、きっと」イーサンは彼女に視線を向けて言った。「威勢がいいところが、似てるからな」

アラベラはコーヒーを口にふくんだ。「わたしが威勢がいいですって？　ずっとパパの言いなりだったじゃない。事故がなかったら、まだそのままでいたと思うわ」ギプスに目をやって、吐息をつく。「イーサン、わたしどうしたらいいの？　仕事ができなくなるかもしれないのよ。お金のことはずっとパパ任せだったし……」

「先のことを心配してる場合じゃない」彼はきっぱりと言った。「早くよくなることだけを考えるんだ」

「でも――」

「全部ぼくが面倒を見てあげるよ。お父さんも一緒にね」

「感謝してるわ、イーサン」アラベラは笑みを浮かべて彼を見あげた。

が、イーサンは笑みを返そうとせず、探るようなまなざしを向けてくる。「この前休養をとったのはいつだったんだい？」

「忘れたわ。ずっととってないみたい」絶えずプレッシャーを感じていたときのことを思い出しただけで、ため息が出る。練習につぐ練習。飛行機とホテルとコンサートホールとレコーディングと聴衆がすべての生活だ。しまいにはステージに出るたびにストレスを感じるようになった。

「これまでみたいな刺激が恋しくなるかもしれないな」イーサンはつぶやいた。

「そうね」アラベラはぼんやりと返事をすると、目を閉じた。

「少し眠ったほうがいい。またあとで来るよ」

イーサンが立ちあがったが、アラベラは目を閉じたままでいた。ここにいれば安全だ。ミスタッチにおびえることもなく、パパの不機嫌な顔も見ずにすむ。役にたたなくなった自分をパパは許してくれるだろうか……。きっと許さないだろう。涙が頬を伝った。ああ、才能には関係なく、ほんの少しでいいから愛してくれさえしたら……。でもそんなことはありそうにない。

コリーンはほとんどつきっきりで世話をしてくれた。小柄な彼女は激しい気性だったが、家族からは頼りにされている。病気になったり、面倒なことが起きたりすると、一生懸命世話をしてくれるからだ。子供たちは大人になっても、母親を崇拝していた。イーサンだけは反抗していたが、それとても、癇癪《かんしゃく》を起こして物を投げるコリーンを見物しているイーサンを見ると、おもしろがってわざとそうさせているのではないかと思ってしまう。

アラベラはコリーンとイーサンが激しくやりあったときのことをいまだに覚えていた。ハイスクールのクラスメイトだったメアリーを誘って、イーサンの弟妹《きょうだい》とモノポリーをして遊んでいたときのことだ。不意にキッチンでコリーンとイーサンの言い争う声がした。そしてなにかを投げつけるすごい音がしたあとで、からだ中に粉とチョコレートシロップをかぶったイーサンが現れたのだ。どうやらそのときコリーンはチョコレートケーキを焼こうとしていたらしい。

アラベラたちが呆然《ぼうぜん》と見つめているなかを、イーサンはシロップと粉をぼたぼた垂らしながら、悠然と階段をのぼっていく。ほかのみんなは平静を装ってゲームに戻ったが、アラベラだけはこらえきれず、ソファのかげで声を殺して笑ってしまった。

　コリーンは背丈が百五十センチそこそこで、黒い髪には白いものがちらほらまざっていた。どの子供たちも母親から髪の色は受け継いだが、目の色は違った。彼女と同じグレーの目をしているのはイーサンだけで、あとの子供たちは亡くなった父親のダークブルーの目を受け継いでいる。

「イーサンが粉をかぶったときのこと、覚えていらして？」アラベラは記憶をたぐりながら、かたわらでアフガン編みをしているコリーンに問いかけた。

　コリーンがふっくらした顔をほころばせて答える。「ええ、覚えてるわ。あの子は馬を売らないって言いはったの。ほら、あなたが気に入ってた鹿毛《かげ》の馬よ。親友に譲ってほしいって頼まれててね、あなたはニューヨークに行ってしまうし、ほかに乗り手がいるわけじゃないからいいと思ったんだけど」コリーンは笑い声をあげた。「イーサンたらがんとしてきかないで、例の薄ら笑いを浮かべたってわけ。わかるでしょ。自分のほうに勝ち目があるっていうあの顔よ。でも、粉の袋をあけたところまでしか覚えてないわ」彼女はせきばらいをしてから、また手を動かしはじめた。「気がついたら、あの子、チョコレートシロップをぼたぼたこぼしながら歩いてくじゃない。あと始末にはこりごりしちゃったわ。最近は面倒な物は投げないことにしてるの。紙とかくずかごみたいな、どうってことない物だけ」

事故で亡くした実母のことは、もの静かでやさしい女性だという記憶しか残っていない。六歳のときにアラベラは微笑《ほほえ》みを返した。コリーンみたいな母親がほしかったと思う。六歳のときに事故で亡くした実母のことは、もの静かでやさしい女性だという記憶しか残っていない。父は母のことをめったに話題にしなくなった。葬儀がすんでからの父は人がかわってしまったのだ。

アラベラはブルーのベッドカバーをいじりながら、昔を思いかえしていた。娘がピアニストとしての才能に恵まれているのをたまたま発見してからの父は、成功させることに憑《つ》かれたようになってしまい、法律事務所の事務員の仕事を潔くやめ、娘のマネージメントに専念してしまったのだ。

「くよくよしてはだめよ、アラベラ」アラベラの顔がゆがむのを見て、コリーンはやさしくさとした。「起きてしまったことは素直に受けとめて、なるようにしかならないと思ってしまえば、人生はもっと楽に生きられてよ」

アラベラはうらめしそうに手首のギプスを見やった。傷口の糸はとれたが、まだ自分の腕のような気がしない。

「わかってはいるんですけど、パパが電話ぐらいしてくれてもいいはずだと思って。たとえ復帰できるかどうか気にしてるっていう電話でもいいから」

「皮肉を言うのはおやめなさい。あなたらしくないわ」コリーンは老眼鏡越しに目をやりながら言った。「そうそう、ベティ・アンがデザートにチェリーパイを焼いてるのよ」

「大好物だわ」アラベラは声をあげた。

「ええ、イーサンから聞いたの。あなたに栄養をつけるようにって言われてるのよ」

アラベラは眉を寄せた。「それはそうと、ミリアムはほんとうによりを戻したがっているんですか?」

コリーンは深いため息をついて、編み物を膝に置いた。「そうらしいのよ。あんなひどい仕打ちをしたくせにね」

「イーサンに未練があるんだわ、きっと」アラベラが言う。

コリーンはきっと顔をあげた。「わたしにはわかってるのよ。あの人、男に捨てられて、おなかの子供の始末に困ってるんだわ、きっと。それで、イーサンをベッドに誘って責任をとらせるつもりなのよ」

「すごい想像力だこと」アラベラは本気にしなかった。「小説になりそうだわ」

「あら、ミリアムならやりかねないわ。あの人は以前ほどきれいじゃないのよ。荒れた生活だったし、お酒ばかり飲んでたのがたたったのね。友だちが最近、クルーズで一緒になって、イーサンのことをいろいろ聞かれたって言ってたわ、とりわけ女性関係のことをね」

「実はわたし、愛人のふりをしてほしいって、イーサンに頼まれたんです。ミリアムを寄せつけないためにって」

「そういう話だったの」コリーンは笑みを浮かべた。「うまいことを考えついたものね」

「どういうことですの？」アラベラがふに落ちないという表情をする。

コリーンは首をふった。「いずれイーサンが話すでしょうよ。それより、あなたは承諾してくれたの？」

「こんなにお世話になってるんですもの。それくらいはさせていただかなければ」アラベラはみじめな気分を隠して言った。「居候なんですから」

「なに言ってるの。あなたが来てくれてみんなうれしく思ってるのよ。でも、ミリアムは招かれざる客なの。イーサンに調子を合わせてやって。いい仲だってこと見せつければ、きっとこの家から出ていくと思うわ」

「彼女は泊まりにくるんですか？」アラベラが心配そうに尋ねる。

「人を踏みつけにくるんだ」いつの間にかイーサンが戸口に立ってふたりを眺めていた。

「あら、また泥んこになってきたのね」コリーンがほがらかに声をかける。

イーサンはまさしく泥だらけだった。チェックのシャツとジーンズは汗にまみれ、ブーツは革かどうかもさだかではないほどすり切れている。帽子は馬に踏みつぶされたようにくしゃくしゃだし、浅黒い肌はほこりをかぶり、汚れた手に作業用の手袋を握っている。

「子牛がいつ生まれるか調べてたのさ」イーサンが言った。「三月だからね。駆りたての真最中なんで、そこまで手がまわらなくなりそうなんだ。今週牛を見はるやつをだれにするかが問題だね」

「マットはだめよ」コリーンが語気を荒らげて先手を打つ。「少しは息ぬきさせなきゃ、かわいそうなんだから！」

「そうだろうね」イーサンのほうは落ちつきはらっている。「女房とけんかするときでも見物人がいるんだからな。あれじゃあ結婚生活に影響するってもんだ」

「そうなのよ」コリーンは悲しげに言った。「だからよかれと思って独立したらってすすめたのよ。ボブが残してくれたもので、家を建てればって」

「甘いんだからな」イーサンは逆らうように言った。「たまにはきついこと言って、コーヒーに塩でも入れてやればいいんだ」

「そんなことをしてごらんなさい……」コリーンはいきりたった。

「どうだって言うんだ？」イーサンの目が挑むようにきらりと光る。「言いたいことがあるんなら言えよ」

「したいことはさせてもらうわ」コリーンは低い声で言った。「息子のくせにほんとに生意気なんだから」

アラベラはふたりの顔を見比べた。「おたがいのためを思ってのことなんでしょう。そっくりの目をしてらっしゃるんだもの」

「からだばかり大きくなっちゃって」コリーンが言う。

「ああ、母さんの手なんか届かないさ」言葉とは反対に目は笑っている。
コリーンは息子をにらみつけながら尋ねた。「なんか用事があって来たの？　それとも
わざわざ親にたてつきにきたって言うの？」
「アラベラに聞こうと思ってね。猫がほしいかどうか」
アラベラは目を見はった。「なんですって？」
「猫だよ。ビル・ダニエルズのところで、子猫が五匹生まれてしまったんだ」
「ほしいわ、その猫。親猫つきで五匹とも」アラベラは下唇をかんだ。「パパに知れたら
なんて言われるかしら。猫嫌いで有名なんですもの」
「せっかく気晴らししようってときに、よけいなことは考えるなよ。それともそんなこと
まで自由にできなかったのかい？」
「アイスクリームをバニラにしろって言われたときにチョコレートを頼んだことはあるけ
ど」
「あきれたな」
「ごめんなさい」アラベラは枕《まくら》に顔をつけた。「そう言えば、パパに逆らおうとしたこと
なんて一度もないみたい」
それはほんとうのことだった。反抗心は徐々に芽生えてはいたが、行動に表しがたいほ
ど父親の存在は大きかった。不思議だわ。イーサンには平気で逆らえるというのに……。

「善は急げだ。さっそくビルに言っとくよ」イーサンはきびすを返そうとした。「さて、仕事に戻るとするか」

「そのままで？」コリーンが問いかけた。「みんなにいやがられるわよ。そんなに汚い男の下で働くのはいやだって」

「そのみんなはもっと汚いんだぜ」イーサンは得意そうに言った。「自分は汚くなったこともないくせに」

コリーンの手がくずかごのほうにのびる。それを見て、にやりと笑うと、イーサンは出ていった。

「本気じゃなかったんでしょう？」アラベラは尋ねた。

「でも、実際こんなことぐらいじゃきかないのよ、あの子には」コリーンはアラベラの顔をしみじみと眺めた。「確かに。イーサンは気だてもいいし、頼りにもなるわ。でも逆らうときは逆らうべきなの。あの子は自分の我を通そうとしすぎるところがあるから」

「そこがミリアムとうまくいかなかったところなんじゃないかしら」

「それと、ミリアムの自堕落なところね。彼女はひとりの男で満足していられないのよ」

「イーサンに満足できない人なんているのかしら。あんなにおもしろみのある人なのに」

「そうね、親ばかかもしれないけど、そう思うわ」コリーンは編み針を手にした。「アラベラ、あの子のことどう思って？」

「いつも力になってもらってほんとに感謝してますわ」アラベラはほんとうの気持ちを隠して答えた。「ずっとお兄さんみたいな存在でいてくれて……」

「隠さなくたっていいのよ」コリーンはやさしく言った。「わたしにはわかってるの」目はアフガン編みを見つめている。「イーサンにとって、あなたをつかまえておかなかったことが最大の過ちだったのよ。ふたりにとっても残念なことだったわ」

アラベラはベッドカバーをもてあそんでいる手に目を落とした。「そのほうがよかったんです。わたしには音楽がありますし、イーサンだって……ミリアムと仲直りするかもしれないんですもの」

「そんなの、願いさげだわ」コリーンはすぐさま答えて、吐息をついた。「人生はままならないものよね。でもイーサンがあなたを連れて帰ってくれてよかったと思ってるのよ、アラベラ」と言って、目をあげる。「あの子はいい加減なことが嫌いなたちだし、責任をしょいこみすぎるところがあるでしょう。でも、あなたと一緒だと別人のようになるのよ。笑顔を見せるのはあなたと一緒のときぐらいよ」

コリーンがキッチンでベティ・アンを手伝うために階下に行ってしまったあとも、アラベラはコリーンの言ったことを思いかえしていた。確かにイーサンは自分と一緒のときによく笑顔を見せる。いつもそうだった。自分はともかく、まさかコリーンも気づいていようとは……。

退院後二日間は安静にしているようにと、医者に言われていた。脳震盪《のうしんとう》のあとなのだから、用心が肝心だという。だが三日目の午後、気温がぐんぐんのぼって三月はじめにしてはうららかな上天気になると、アラベラは寝ていられなくなって階下におりてしまった。暇をもてあましてどうしていいかわからない。しかたなく、彼女はポーチにさがっているブランコに腰をおろした。

コリーンは婦人会に出かけていたし、メアリーも買い物に出ていたので、見とがめる者がいないのが幸いだった。朝メアリーに手伝ってもらって、前開きのデニムのスカートに青い長袖《ながそで》のシャツに着がえ、髪にはシャツと同じブルーのリボンを結んでいる。うっすらメイクをしたせいか、普段着を着ていてもはなやいで見える自分に気づいていたが、見てくれる者はいないと思っていた。

ところが、不意にトラックがとまる音がしたかと思うと、イーサンが現れた。彼はポーチの階段をのぼろうと足をかけたところで、アラベラに気づいた。

「起きていいなんていったいだれが言ったんだ?」しかりつけるように言う。

「もう寝てるのに飽きちゃったの」答えながら、作業着姿のイーサンに目を奪われる。「もうめまいもあまりしなくなったし、手も痛まないわ。それにこんないいお天気なんですもの」

「そうだな」イーサンはたばこに火をつけ、柱に寄りかかって空をあおいだ。「今朝、きみのおじさんに電話してみたよ」

「ほんと?」アラベラは次の言葉を待った。

「お父さんは朝ニューヨークに発《た》ったということだった」イーサンは目を細めた。「なぜだかわかるかい?」

アラベラは顔をしかめた。「預金のことかしら」

「そのとおり」イーサンはたんたんと続ける。「だけど、どっこいそううまくはいかない。引き落とせないように、ぼくの弁護士に言って手配させたんだ。それで留守にしていた」

「イーサン!」

「これまできみは財布のひもまで握られてたんだ」イーサンは穏やかに言った。「もとどおりのからだになったら、お父さんと言いあいでもなんでもやるがいいさ。ともかくここで静養しているかぎり、お父さんの言いなりにはさせない」

「それほどお金があるかしら?」贅沢《ぜいたく》だった父のことを気にしつつ、アラベラは尋ねた。

「二万五千ドル残ってる」イーサンは答えた。「財産ってほどじゃないが、ちゃんと管理すれば、なんとかやっていけるさ」

アラベラは彼のたくましい腕に見とれた。「先のことなんか考えてなかったの。口座を一緒にしたほうがいいって言われたから任せてしまったのよ。こうなると、なにもかもお世話になってしまうわね」と言って、笑みを浮かべる。

「きみにも力になってもらうじゃないか」

「ミリアムを追いかえすことでね」

「それよりからだを治すのが先決さ」グレーの瞳がじっとアラベラを見すえる。「髪を洗ったんだね」

「実はメアリーに手伝ってもらったの。着がえもひとりじゃできないのよ」腕をあげようとしたとき、不意に痛みが走った。「ブラジャーだって――」アラベラはあとの言葉をのみこんだ。

「ぼくとは下着の話もしにくいのかな?」イーサンは言った。「女性がドレスの下になにをつけているかぐらい知ってるさ」彼はふと顔をしかめ、冷ややかに言った。「知りすぎたくらいだ」

「イーサン、ミリアムにはよほど傷つけられたんじゃなくて?」アラベラは目を合わせまいとして言った。「滞在を許したら、傷をえぐることになりかねないわ」彼の顔がゆがんだのを、彼女は見逃さなかった。

イーサンは深い吐息をつき、ためらうようなしぐさでたばこをくわえた。「ああ、確かに傷つけられたさ。気持ちよりもプライドをやられたのがまいったよ。ミリアムを追いだしたとき誓ったんだ。女性にひどい思いをさせられるのは二度とごめんだってね」

彼はわたしを遠ざけようとしているのかしら。彼は、わたしには彼に言い寄る勇気などないことを知ってるんだもの……。

「ねえ、そんな目で見ないで」アラベラは笑顔をつくって言った。「わたしは男の人にこびへつらったりするタイプじゃないのよ」

イーサンの表情がやわらいだ。たばこの吸い殻を近くにあった灰皿でもみ消している。

「きみが男と簡単にベッドをともにしたりする女じゃないことくらいわかってるさ」

「だってわたし、クリスチャンだもの」アラベラは即座に言った。

「ぼくだってそうさ」

アラベラは膝の上の手をにぎりしめた。「統計では、神さまを信じてない人はたったの四パーセントだそうよ」

「その四パーセントが映画やテレビをつくってるのさ」イーサンがにべもなく言う。

アラベラは吹きだした。「ひどい言い方ね。でも、そういう人たちは無神論者っていうわけじゃなくて、だれかにびくびくしているだけなのよ」

「ぼくは人間にびくびくしたことはない。むしろ、人をびくびくさせてしまうほうさ」

アラベラは微笑みかけた。イーサンと話していると、自分に自信がわいてきて生き生きしてくるのがわかる。ふたりの目が合った瞬間、四年前と同じ情熱がよみがえってくるのを感じた。からだの奥底がうずきはじめる。

不意にイーサンは話をかえた。「囲いをつくりにいくところなんだ。なにかあったら、ベティ・アンに言ってくれ。キッチンにいるから」

アラベラはイーサンへの思いをいっぱいに秘めた目で彼のうしろ姿を見送った。彼はわたしの気持ちに気づいたんじゃないだろうか。だから急に立ち去ったにちがいない。たとえ、彼のほうにもそれにこたえる気持ちがいくらかあったにしても、それをさらけだすような人ではないし……。さっきも言っていたではないか。ミリアムにプライドを傷つけられたのだ、と。

アラベラはブランコを揺らしながら、思いをめぐらせた。イーサンはなぜ次の相手を見つけようとしなかったのだろう。財産や地位を別にして、容姿だけでも、彼なら引く手あまたにちがいないのに。でもあれからずっとひとりなのだと、メアリーは言っていた。それほどまでにミリアムに傷つけられたということは……つまりはミリアムをそれほど愛していたのではないか。アラベラは吐息をついた。

4

アラベラはその夜はじめてみんなと一緒に食卓についた。食事をはじめるなり、マットがメアリーとバハマへ緊急休暇をとって出かけると言いだす。

「緊急休暇だって？」イーサンがにらみつけた。「なんだい、それは？」

マットがにやりと笑った。イーサンをひとまわり小柄にして目をダークブルーにしたのが、弟のマットだ。が、兄ほど気むずかしくはなく、まじめで、人なつこい。

「結婚してからずっと休暇なしだったんだ。メアリーと一緒に行かせてもらうよ」

「三月だってのにな」イーサンは声を荒らげた。「種つけと駆りたてで、てんやわんやなんだ……」

「ハネムーンだって我慢したじゃないか」マットはひるまない。

イーサンとコリーンが顔を見あわせた。「いいだろう」イーサンは吐き捨てるように言った。「人手のほうはなんとか間に合わせるよ」

「ありがとう、お兄さま」メアリーがしみじみと言った。マットとうれしそうに顔を見かわしている。

「バハマのどこに行くんだい?」イーサンが問いかける。

マットはにやりとした。「秘密だよ。居場所がわからなければ、探さないだろうからね」

イーサンはにらみかえした。「四年前に、こっちは探されてしまったんだぞ」

「場合が場合だったんだよ」マットは答えた。「銀行の契約更新は、ぼくじゃだめだって言われたんだからね」

「そんなの言いわけさ」

「その前に家の下見をしてくれるといいんだけど」コリーンが控えめに言った。

マットが指をふって言う。「そんなことしたって無駄さ」

「言ってみただけ」

「それに、ぼくたちがいなくなったら、母さんの味方はいるのかい?」マットは真顔で尋ねた。

アラベラはイーサンのほうを盗み見た。今夜の彼はいつになく親しみやすい感じがする。彼女は思わずちゃめっけを出して手をあげてしまった。「ここにいるわ」

イーサンの瞳がきらりと光り、歓迎するような色を帯びる。「受けてたつよ、アラベラ」と言って、笑みを浮かべる。

その笑顔はコリーンの言葉を思いださせた。アラベラはますます勇気を出して、しかめっ面をしてみせる。

「ほかにも味方はいるのよ。あなたに殺虫剤をかけたがってるカウボーイたちがね」

「このぼくに殺虫剤をかけるだと？　いったいどこのどいつだ？」イーサンは聞き捨てならぬという顔をする。

「内緒よ。今に役にたってくれそうだから」

イーサンは調子にのりすぎたと感じたらしい。弟のほうに視線を移した。「どうして独立したくないんだ？」とマットに問いかける。

「そんな身分じゃないよ」

「資格は十分じゃないか」

「借金をするのはいやなんだ」

イーサンは椅子に寄りかかって笑い声をあげた。「コンバインに九万ドルも使ったくらいでびくびくしてるようじゃだめだよ」

「そうよ、イーサンの言うとおりよ」コリーンが口を出す。

「わかったよ」マットはうなずいた。「だけど、ぼくにとっちゃ、はじめてなんだからね。メアリーが新しい繊維会社の秘書の仕事に応募したんだ。もし採用されたら、考えてみるよ。目下のところは、休暇をとることが先決さ。なあ、メアリー？」

「そうですとも」メアリーが言う。

「仕事の電話をかけなければならないんだ」イーサンはコーヒーを飲みほすと、立ちあがった。

そのとき、ちょうど見あげたアラベラの目と合った。見つめあうあいだにイーサンの顔が引きしまるのを見て、彼女の頬が染まる。

コリーンたちは談笑していて気づかなかったが、アラベラはうろたえて自分のほうから目をそらした。

イーサンがアラベラの椅子のそばでふと立ちどまり、髪に軽く手をふれる。意図してのことなのかどうかと問いかけようとしたが、イーサンは去ってしまい、アラベラは動悸《どうき》が静まるのをじっと待った。

そのあとはマットとメアリーの旅行の計画にひとしきり話がはずんだ。やがて寝る時間となり、アラベラがまず立ちあがった。階段をのぼろうとしたとき、申しあわせたように書斎からイーサンが出てきた。

「おいで、アラベラ。運んでいってあげよう」彼は手首をいたわりながらアラベラをそっと抱えあげた。

「悪いのは手首よ、足じゃないわ」アラベラはおずおずと言った。

イーサンはいとも軽々と階段をのぼっていく。「無理をさせたくないんだ」

黙りこんでしまったアラベラを抱きかかえながら、イーサンは満足していた。彼女がどんなに身近な存在だったか、この四年のあいだ忘れようとしても忘れられなかった。もちろん抱きあげる必要などないのだが、そうせずにはいられなかったのだ。アラベラのからだにふれたかった。四年前の入江でのほろ苦い思い出をよみがえらせたかった。彼女が同じ屋根の下に寝泊まりしていると思うたびに、あのときの感覚がからだをつきあげてくる。毎晩なかなか寝つかれず、やっと眠れたと思うと夢のなかに決まってアラベラが現れるのだ。

アラベラは、イーサンの心のこもった言い方になんと答えてよいかわからず、おずおずと腕を首にからませ、肩に寄りかかろうとした。そのとたん、彼はぎょっとしたように息をつめ、よろめきかける。

「ごめんなさい」アラベラはつぶやいた。

イーサンは答えなかった。腕のなかの彼女の感触をかみしめながら、黒い髪から立ちのぼってくるかぐわしい香りに酔っていたのだ。

「やせたね」踊り場に着いたとき、イーサンは言った。

「そうなの」ため息をつきながら、アラベラは答えた。「よかったじゃない？　わたしが太ってたら、抱かれたまままっさかさまになりかねなかったわ」

イーサンが口もとをほころばせる。ベッドルームのドアを通ると、彼はアラベラを抱え直した。「ドアをしめるからつかまってるんだよ」

しがみついただけで、アラベラのからだがふるえる。それに気づいたイーサンは、真顔になってアラベラの目をのぞきこんだ。

「こうしているのがいいとみえるね」問いかけながら、イーサンも長年眠っていた情熱を呼び起こされていた。

アラベラはまっ赤になった。からだがこわばってくる。なにか言わなければと思うのに言葉が出てこない。

彼女の恥ずかしがっている表情が、四年間眠っていたイーサンの欲望に火をつけた。彼は片足をけってドアをしめ、アラベラのからだをベッドに横たえると、燃えるようなまなざしでアラベラを見つめる。

このままかたわらに横たわって抱きすくめ、息がつまるほどキスしてみようか……。が、なんとかイーサンは思いとどまり、立ちあがった。アラベラも自分を求めているかもしれないが、彼女はバージンだ。それに、ぼくには暗い過去が立ちはだかっている。早まってはいけない……。

イーサンはたばこに火をつけ、ポケットのライターを探った。

「禁煙中だとばかり思っていたわ」アラベラはからだを起こしながら言った。自分から誘うようなそぶりをしておきながら、なぜ突然やめたりしたのだろう。過去が邪魔したのかしら……。

「今度の事故できみを引きとりにいくまでは禁煙してたんだ」イーサンは冷ややかなまなざしを向けながら答えた。「だが戻っちゃったな」

「タイヤがパンクしちゃったからとか」アラベラは理由をあげはじめた。「駆りたての前の晩に酔っぱらったからとか、馬が脚をけがしたからとか、禁煙がだめになったわけはずいぶん聞いたわ」

「今さら言いわけするつもりはないさ。理由は全部知られてるからな」イーサンは目を細めて、アラベラの顔を見つめた。「あの入江のときは禁煙していなかった。きみにキスしたときもいやがらなかったじゃないか」

「だって、まだ十八だったんですもの。男の子とキスをしたことはあったけど、あなたは年上でずっと世慣れていたわ」目を合わせていられなくなった。「自分ではせいいっぱい大人の女みたいにふるまおうと思ったの。でもあなたにさわられただけで、なにがなんだかわからなくなっちゃって」アラベラはため息をついた。「なんだか大昔の出来事みたい。あなたに気があるようなそぶりをしてたのは、察してたでしょう。だってもうあなたに夢中だったんですもの」

そばに寄って、この腕に抱きしめてやりたい、イーサンはそんな気持ちをやっとのことで抑えた。間違っていたのはぼくなのに、彼女はそう思っていない。彼女を傷つけてしまった。ミリアムがぼくのプライドを傷つけて、去っていったのと同様の仕打ちを、ぼくはアラベラにしてしまった。もしぼくがミリアムを追いはらい、アラベラに結婚を申しこんでいたなら、あれほど父親の言うなりになったりはしなかっただろうに。

「どうしてこんなにややこしくなってしまったのだろう」イーサンはしみじみと言った。

「でも、あなたがミリアムに夢中だったのは確かだわ」アラベラが言う。

ミリアムの名前が出たとたん、イーサンの表情が一変した。が、すぐに彼はたばこを口にくわえかけて、アラベラに目をやり、表情をやわらげる。

アラベラはじっと見つめかえした。「ミリアムの名前が出るたびにどんな顔になるかわかって、イーサン？」

「わかるさ」

「話題にしたくないんでしょう。これから気をつけることにするわ。プライドをよほど傷つけられたのね。でもそれを回復させる早道は、思いきって自分のわがままをだれかにぶつけてみることじゃなくて？」

グレーの目がさすように見つめる。ふたりの目と目が合い、これまでになかったほどの激しい火花を散らした。

「ぼくが自信をとり戻せるようなことをきみがしてくれるとでも言うのかい？」イーサンが尋ねた。

どういうつもりなのだろう。もしかしたら？　そんなはずはない。四年前にもう彼の気持ちは知らされてしまったんだもの。アラベラは身をふるわせた。

「それは無理よ。ミリアムが来たときにお芝居をするっていうお手伝いはするけど。こんなにお世話になってるんですもの、お返しをしなければ」

イーサンの目がきらりと光った。「なにも返してもらうつもりはないよ」と冷ややかに言う。

「じゃあこれまでのよしみで。お兄さまみたいにしてくださってたから」

イーサンはしっぺ返しをされたように思った。彼女が自分の腕のなかに身を投げてくれるのではないかと、うぬぼれていたのだ。たばこの煙を吐いてから、彼女の目を見かえす。

「どんな理由をつけようときみの勝手だ。じゃあ、おやすみ」

イーサンはきびすを返してドアのほうに行きかけた。「なんて言ってほしかったの？」

アラベラは癇癪《かんしゃく》を起こして声をはりあげた。「人殺し以外ならなんでもするって言わせたかったの？」

イーサンはノブに手をかけて、ふりむいた。「そんなんじゃないさ」と言ったあとで、アラベラの表情を読もうとしたが、不意にどうしていいかわからなくなった。「納屋に猫を入れておいたよ。見たかったら、あした連れていってあげよう」

アラベラは返事をためらった。彼はわたしの機嫌をとっているのだろうか。とはいえミリアムの問題が控えている以上、気まずくなるわけにもいかないし……。彼女はためらいながら答えた。「ありがとう。連れていって」

「いいとも《デ・ナーダ》」イーサンはメキシコ人のカウボーイに言うときの癖で、スペイン語を口走った。イーサンは数カ国語をしゃべることができる。これまでにも、テキサスなまりをばかにする客の意表をつくことが何度となくあった。

アラベラは彼が本音をもらさぬまま去っていくのをうらめしげに見送った。これほどわたしの気持ちをかきまわしておきながら、はぐらかすなんて、どういうつもりなのだろう。

メアリーとマットは翌朝出かけた。メアリーと抱きあいながら、親友が留守になるのを心細く思わずにはいられなかった。

「そんな寂しそうな顔をしないで」メアリーはやさしく言った。「お兄さまもお母さまもちゃんと面倒見てくださるわ。ミリアムは居座ったりしなくてよ。お兄さまがそうさせるものですか」

「そうだといいけど。なんだか彼女の毒舌にやられそうな気がするの」

「ありそうなことだけど、ひるむことないわよ。あなただって、その気になったら負けやしないわ。怒ると、とりわけ口が達者になるでしょう。お兄さまだって言うことを聞くじゃない」メアリーが笑いながら言う。

「イーサン以外の人にはあまり怒ったことないのよ」アラベラは答えた。「うまくいくかしら」

「大丈夫。保証してあげるわ」メアリーは請けあった。

イーサンはふたりをヒューストンの空港まで送っていったが、意外に早く帰宅した。猫を見せるという約束を忘れていなかったのだ。

「さあ、行こう。ほんとうに見たいんだろう」そう言うと、イーサンはアラベラのギプスのないほうの手をとって歩きだした。

「おばさまに居場所を知らせなくていいの？」アラベラが尋ねる。

「居場所を知らせるなんてことは、子供のときからしてないさ」イーサンがすぐさま言いかえす。「牧場のどこにいようと母さんの指図は受けない」

「そんなつもりで言ったんじゃないわ」アラベラはつぶやいた。

相かわらずだ。彼はこちらの気持ちなど無視している。

イーサンは外出着姿だった。チャコールグレーのズボンに淡いブルーのシャツ、それにグレーと黒のスポーツジャケットを着ている。

「服が汚れそうね」納屋に入ったとき、アラベラは言った。

イーサンはちらりと目を向ける。「どうして？」

からかおうとしたのだが、彼はよそよそしい態度で、のってこようともしない。

「別に」アラベラは先に立っていった。

納屋の奥をイーサンが指さし、立ちどまったとき、ふたりきりだという意識が胸にこみあげてきた。事故で手をけがしたからこそ、あきらめていたのに彼と会えた……。手のけが……。アラベラはギプスをはめた手に目をやった。頭のなかでピアノが鳴りだす。和音が響き、メロディーが転調して……。

アラベラは目を閉じ、クレメンティの《ソナチネ》に聞き入った。中級のクラスに入ったばかりのときに弾いた曲だ。メロディーがいつの間にかバッハの《イギリス組曲》にかわり、次にはグリーグの《フィンランディア》が鳴りはじめた。

「ほら、猫がいるだろう……。どうしたんだい?」イーサンが小声で尋ねた。

アラベラは目を開き、はっとわれに返った。もう今までのようにはピアノが弾けなくなるかもしれない。もしかしたらポップスのような軽い曲も無理になってしまうのではないか。そうなったらなににすがって生きればいいのだろう。パパにはむろん頼れない。今だって電話ひとつかけてこないのだから。イーサンは当座の暮らしがたつようにはしてくれた。でもそれも長続きはしないだろう。パパが借金を返済し終わらなければ。

アラベラは青ざめた。

イーサンはそれを見てとった。笑みを浮かべて、アラベラの鼻先を軽くたたく。彼女に感情をぶつけるのはやめよう。ミリアムに傷つけられたことは、アラベラのせいではないのだ。

「すんでしまったことをくよくよ考えるのはやめろよ。これですべてがおしまいだなんて思うんじゃない」

彼女は思わず見つめかえした。「あなたらしい考え方ね」

「あしたに望みをたくすのさ」イーサンは片膝をついた。「それより、こいつらを見てごらんよ」

しゃがんで下を見たとたん、アラベラはまっ白な猫の親子に目をうばわれた。生まれたばかりの五匹の子猫はいずれも母猫譲りの、白い毛並みにブルーの目をしている。

「こんな猫を見るのははじめて……」アラベラは声をあげた。「白い毛で青い目の猫なんて！」

「ビルが納屋で見つけたんだ。彼は別に猫が好きってわけでもないのにな」

「危うく捨てられるところだったのね。わたし、パパに反対されてもアパートメントで飼うわ」アラベラはきっぱり言った。母猫を見ていると口もとがほころんでくる。「子猫を抱いてもいいかしら」

「いいとも、ほら」

イーサンが一匹をつまみあげて、アラベラのてのひらにのせた。思わず頬ずりしたくなってくる。アラベラは温かな感触にうっとりしながら、生命の神秘を感じていた。

イーサンは吸い寄せられるようにアラベラの姿に見とれた。「よっぽどかわいいらしいね」

「ずっと夢見てたの」名残惜しそうに子猫の毛並みを撫《な》でながら、イーサンに手渡す。

「わたしも早く結婚して、自分の子供がほしいなって。でも次から次へとコンサートとレコーディングに追われてたわ」アラベラは遠くを見つめるような目をした。「パパはわたしが本気で人を好きになる暇なんかないようなスケジュールをつくってしまったのよ」

「娘をそばに置いておきたかったんだろう」

イーサンは子猫を母猫に返すと、アラベラの手をとって立ちあがらせた。片方の手がアラベラの長い髪にふれる。納屋のなかは、静まりかえっていた。ふと髪にふれていた手が動いて、アラベラの顔をなぞる。

「そういえばよく遠乗りに出かけたな。覚えてるかい？」

「ええ、あれから乗馬に縁がないのよ。イーサン、わたしのお気に入りの馬を売らせなかったって、おばさまがおっしゃってたけど、なぜ？」

イーサンはばつが悪そうな顔をした。「わけがあったんだ」

「わけって、どんな？」

「言えないね」

イーサンはむさぼるようにアラベラの顔に視線を這《は》わせた。昨夜と同じことが起こりそうになっている。彼女のそばにいるだけで、胸の鼓動が激しくなるのだ。

「またふたりきりになれるとは思わなかったな」イーサンはしみじみと言った。

「ほんとうに久しぶりね」目の前の厚い胸板が上下するのを見ながらアラベラは答えた。

イーサンは指に長い髪をからませて、シルクのような手ざわりを楽しんだ。「あのときも髪が長かったな」と言って、彼女を見つめる。「入江のわきの草原にきみを押し倒してからだを合わせたんだっけ」

アラベラはどきりとした。動揺を顔に出すまいと必死になる。「少し違うわ」かすれた声で答えた。「あなたは何度かキスしてから、たいしたことじゃないから気にしないでほしいって言ったのよ、ただの手ほどきだからって」

「あのときのきみはうぶで、男を知らなすぎたからさ」イーサンは言った。「でも、今ならいくらなんでもわかるだろう。ぼくがやめなければどんなことになるかってことは？」

「あのときとかわりはしないわ」アラベラはみじめな気分で答えた。「うぶなままだわ、今でも。さあ、もう戻りましょうよ」

イーサンの手が荒々しく頭をつかみ、目を合わせようとする。「きみはまだバージンで、しかもぼくを毛嫌いしている父親がべったりだった。そんなきみを本気で抱くなんて、恥知らずの大ばかじゃないか！」

アラベラは動揺していた。彼の目のなかの怒りはなんなのだろう。それにいらだっているようなこの声は……。

「だから大ばかになるのをやめたのね」そう言いながら、思わず身をふるわせる。

「でもあんなことを言ってしまったからって、今さら慰めるようなふりをしなくてもけっこうよ！」

イーサンが荒い息をする。「まったく、どうしてそう鈍いんだ！」彼はうめくように言った。それからぐいと手に力をこめ、唇を寄せる。「ぼくはきみを求めていたのさ！」

まわりの静寂をつき破るほどに燃えあがった情熱をこめて、イーサンはゆっくりと唇を合わせてきた。その瞬間、思いがけない物音が邪魔に入った。イーサンははっと息をのみ、ぎくっとからだをこわばらせる。

車のエンジンのうなりがやかましく響いてきた。イーサンはさっと身をはなし、アラベラもよろめきながらからだをのばそうとする。

「ずっとひとりだったんでね」イーサンは自嘲《じちょう》的な笑みを浮かべた。「察してもらえるかな」

アラベラがこたえる前に、イーサンは出口のほうに行きかけた。

「バイヤーと会うことになってるんだ。きっとその車だろう」

先に立って歩きながら、イーサンはこれでよかったのだと思おうとした。危うく理性を失うところだった。アラベラの唇を目の前にしただけで、あれほど心を乱されるとは。ひとつ屋根の下にいるからには、よほど自分をいましめてかからなければなるまい。彼女に迫ってみたからって、どうなるというのだ。車の音が邪魔したのをむしろ感謝すべきなのかもしれない。

ところが、裏庭に待っていたのはバイヤーではなかった。一台のタクシーから形のいい脚が出てくる。やがて、まっ赤な唇がのぞき、ミリアムが姿を現した。招かれざる客なのを知ってか知らずか、本人はとっくに滞在する気でいるらしく、トランクから高級なスーツケースが六つもとりだされている。

アラベラがそばに来るのを意識しながら、イーサンは顔がこわばり、冷や汗が出そうになるのをこらえていた。ミリアムだったのか。なにげなくふるまおうとしながら、アラベラのほうに向き直り、約束したことを思いださせようと強引に手をさしのべる。

アラベラは怖いものでも見るように、ミリアムを見つめた。さしだされたイーサンの手をぎゅっと握りしめる。よかれあしかれ、芝居の幕を切って落とさなければならなかった。

5

ミリアムは寄りそっているふたりを見て、細く描《か》いた眉をぴくっとつりあげた。アラベラを見る瞳がみるみる敵意を帯びる。ふたりが手をつないでいるのがわかると、一瞬うろたえたような表情を見せたが、すぐにつくり笑いを浮かべた。

「久しぶりね、イーサン」ミリアムは赤毛の長い髪をわざとらしくうしろに払った。「電報は着いてるでしょ？」

イーサンが冷ややかなまなざしを向ける。「ああ」

「タクシー代を払って、お願い」ミリアムは甘えるように言った。「お金がないのよ。ここに泊めてくれるでしょう。ドレスを買ったらすっからかんになっちゃって、ホテル代も出ない状態なの」

イーサンは無言のまま、ますます表情をかたくする。

アラベラはイーサンが運転手に金を支払うのを見ていたが、やがて視線をミリアムに移した。確かに美人だ。燃えるように赤いロングヘアに、妖精《ようせい》のようなグリーンの目。整った顔だちに抜群のスタイル。だが心なしかふけたという感じがする。それに前よりいくぶん太っていた。コリーンは妊娠していると言ったけれど、それはあたっているのかもしれない。その証拠に、ウエストのあたりが妙に太くなっている。

「しばらくね、アラベラ」ミリアムは値踏みするような視線を向けて言った。「このところずいぶん噂《うわさ》を聞いてたわ。あなたのことは覚えててよ。イーサンとわたしが結婚したときは、まだ子供だったわよね」

「でも、もう大人よ」アラベラは感情を表さずに答えると、いとおしそうにイーサンを見つめた。「イーサンにはわかってもらえてるわ」

ミリアムが笑い声をあげる。「あら、ほんと？　ずいぶん年下好みになったものね。奥手なところが魅力なのかしら」

いきなり嘲笑《あざわら》われて、アラベラはどう答えていいかわからなくなった。

「グラマーにはこりごりしたんだって言ったらどう、イーサン？」ミリアムがからかう。

イーサンが威嚇するような表情を浮かべると、ミリアムはたじろいだかに見えた。

「アラベラとは長いつきあいなんだ。きみと知りあう前からのね、ミリアム」イーサンはにらみつけるようにして言った。

ミリアムの目が光る。「ええ、知っててよ。あなたのお母さんから聞いたわ」

別れた妻と久しぶりに会っても、なんの感慨もわかなかった。イーサンはアラベラを引き寄せ、素直に寄りかかる姿にいとおしそうな笑みを投げかける。

「来るのは来週のはずだったんじゃないか」イーサンはミリアムに言った。

「カリブでモデルの仕事が終わったばかりなの。で、ニューヨークに戻る途中に寄ってみようかって気になったわけ」バッグをいじる手が気もそぞろなのを物語っている。

アラベラは、自分の背中にかかったイーサンの手を意識しながらミリアムを見つめていた。いったい彼はどんな気持ちでいるのだろう。ミリアムを愛しているなら、なぜ素直に気持ちを表さないのかしら。ミリアムのほうは嫉妬《しっと》をあらわにしているというのに、こんな芝居がかったことをするなんて。

「どのくらいいるつもりなんだ？」イーサンは尋ねた。「今は忙しい最中だし、ぼくとしてはアラベラとの時間を大切にしたいんだがね」

ミリアムの眉がぴくりと動く。「ずいぶん都合よく来あわせたものね、アラベラ？　音楽で身を立てたんじゃなかったの」

「アラベラは事故にあったんだ。だからここに来てもらったのさ」イーサンは冷ややかな笑みを浮かべて答えた。「きみには母さんの相手でもしてもらうとするか」

「わたしのことならおかまいなく」ミリアムはいらだたしげに言った。「なかに入らない？　休んで一杯やりたいわ」

「酒は飲めないよ」イーサンがにべもなく答える。「ここには置いてないんだ」

「置いてないですって？　いつだってあり余ってたじゃない！」

「きみがそうしてただけさ」イーサンは彼女の言葉をさえぎった。「きみがいなくなってから、ボトルはみんな捨ててしまったよ。ぼくは飲まないからね」

「まったく堅物なんだから」ミリアムは吐き捨てるように言った。「ベッドでもそうだったけど」

　イーサンの腕に力がこもるのがわかった。なるほど、聞きしにまさる毒舌だ。アラベラはむらむらと怒りがわいてくるのを感じた。いくらなんでもひどすぎる！　自分から飛びだしていったくせに、そのうえまだイーサンを傷つけようというのだろうか。愛するということはこれほどつらい思いを耐えねばならないのだろうか。

　イーサンは言いかえす言葉に苦慮していた。人を怒らせて楽しもうとするミリアムの癖は相かわらずだったが、アラベラに知られたくないことまで暴露しようというのは許せない。過去に起こったことは自分の口から言いたかった。せめてこれぐらいのプライドは守りたい。

　ところが口を開いたのはアラベラだった。彼女はきっと顔をあげてミリアムをにらみつける。「あなたがベッドで堅物じゃなさすぎたのが問題だったんじゃなくて？」アラベラはイーサンの腕にすがりながら言いはなった。「イーサンとわたしには問題なんかないのよ」

イーサンはアラベラの剣幕にあっけにとられていた。まさか彼女にこれほど勇気があるとは思ってもみなかった……。

ミリアムは怒りで身をふるわせた。「なによ、この小娘が！」

その言葉を聞いて、イーサンは血相をかえて前に進みでた。

「すぐに帰ってもらいたい。タクシーを呼び戻すから。口汚い言葉をぼくのフィアンセに向かって吐くのはよしてくれ！」

ミリアムが思わずあとずさりする。アラベラのほうは思いもかけない〝フィアンセ〟という言葉に呆然《ぼうぜん》としていた。

「ごめんなさい」ミリアムは言った。「調子にのりすぎて」次の言葉を口にする前に、ミリアムは珍しく相手の顔色をうかがった。「ただ、あなたがそんな器用なことができる人だったかしらって、ショックを受けちゃったんだもの」

「とにかく」イーサンは気色ばんで言った。「ここに滞在する気なら、ぼくの言うとおりにしてもらう。アラベラにまたあんな言葉を投げるなら、出ていってもらうよ。いいね」

「言うことを聞くほかはなさそうね。わかったわ、あなたの言うとおりにする。それにわたし、ほんとうは仲直りをしにきたのよ」

「そうらしいな」イーサンはひるまずに答えた。「でも、アラベラとぼくは結婚するんだ。ぼくの人生に二度とわりこまないでほしい」

ミリアムは蒼白《そうはく》になりはしたが、グレーのスーツをまとったからだをしゃんとのばして、笑顔をつくった。

「はっきり言うのね」

「はっきり言わなきゃわかってもらえそうもないからね」イーサンはぴしゃりと言った。「さあ、なかに入って」わきにどいて、ミリアムを先に行かせようとする。

ミリアムが口汚い言葉を吐いたのは、怒ったからではなく、動転したためだったのかと判断する余裕をとり戻したものの、アラベラはまだその場に立ちつくしていた。ミリアムはイーサンをほかの女にとられるのが我慢できなかったにちがいない。

「上出来だよ」イーサンが小声でささやいた。「大丈夫だ。二度とあんな口はきかせないから」

「わたしったら、なにもわからずに言ってしまって……」

イーサンは険しい顔をほころばせて言った。「あとで説明するよ」

「説明なんかいらないわ。ミリアムになにを言われたって平気よ」

イーサンはため息をついた。「まったくきみにはびっくりしたよ」

「わたしだってそうだわ。婚約なんて最後の切り札なのかと思ってたんですもの」

「ごめん。ああ言うしかなかったんだ。お願いだから機嫌を直してくれ」

アラベラはイーサンの腕にすがりついて家に入った。

コリーンはミリアムに対して、良家の女主人としての気品を保ち、冷ややかではあるが慇懃《いんぎん》に接していた。イーサンとアラベラが寄りそってソファに座るのを見たときだけ、口もとをほころばす。

アラベラは気持ちが高ぶっていた。たとえお芝居だとわかっていても、イーサンにやさしくしてもらえてうれしかった。こんなにそばにいられて、彼の香りを感じるほどぴったりと寄りそっていられるなんて、このお芝居もまんざらではないという気がするほどだ。

ミリアムはカリブでの仕事の自慢話を長々と聞かせていた。イーサンは相づちは打つものの、気を入れて聞いていなかった。ベッドでのことを批判されたのが、よほどこたえたのだろうか。それにしてもあんなに蒼白になるなんて。ミリアムのように男を手玉にとれる女性は、たくましい男のプライドまでも粉々にできるのかもしれない。

「仕事はどうなってるの、アラベラ?」不意にミリアムが問いかけた。「ニューヨークにいるとばっかり思ってたわ」

「演奏旅行中だったの」アラベラは答えた。「チャリティ・コンサートの帰りに事故にあったのよ」

「ここに寄る途中だったんだよ」イーサンが助け船を出した。「お父さんと一緒だったんだ。ぼくがついていればよかったんだけど」

アラベラはため息をのみこんだ。ニューヨークに住んでいて、イーサンにずっと会っていないとわかったら、婚約がでっちあげだとすぐ気づかれてしまうにちがいない。

「手はもとどおりになるの？　それとももう音楽はあきらめるつもり？」ミリアムは意地悪そうな笑みを浮かべた。「それに、イーサンは赤ちゃんを産んでもらいたいと思ってるんじゃなくて？」

「そういえば、きみはほしくないってがんばってたからな」イーサンが意味ありげに言う。

ミリアムはばつが悪そうに身じろぎした。「そりゃそうよ。ここで時間がつぶせると思って？　テレビ見てるのなんてまっぴらだわ」

「イーサンとアラベラとわたしは『大自然の驚異』って番組が気に入ってるのよ」コリーンが言った。「そういえば今夜もシロクマの特集があるんじゃない？」

「そうだよ」イーサンがコリーンとうなずきあう。

アラベラにとって、この日はとりわけ長く感じられた。ミリアムをコリーンに任せて、駆りたてについていくことにしたのだ。イーサンは彼女の手を気づかって、トラックを出してくれた。

スーツを脱いで、ジーンズと青いチェックのシャツに着がえ、つばの広い帽子をななめにかぶったイーサンは、カウボーイのモデルにしたいほどさっそうとしている。アラベラは思わず笑みをもらしてしまった。

「なにがおかしいんだ？」

「やっぱりその格好が一番似あってると思って」

「バイヤーに会わなくてすんだからね」

「そうだったわね」アラベラは身ぶるいした。

「思いだしたのかい？」イーサンは手にしたたばこを吸った。「きみがミリアムをうまくやっつけたのには驚いたよ」

「泣きながら、逃げていくとでも思ったの？」アラベラが問いかえす。「扱いにくい人間にはなれっこなのよ。パパと一緒だったんですもの。わかるでしょう？」

「そういうことか。こうなると逃げだすのはミリアムかもしれないな」

「ミリアムってあんなひどい人だったかしら？」

「ああ。きみはつきあったことがなかったから知らなかったのかもしれないが……。だけど、きみは見ぬいていたじゃないか」イーサンは遠くを見るような目をした。

もっと聞きたい、その先を。だがどういうふうに問いかけたらいいのだろう。

イーサンはそんなアラベラの気持ちを察したらしい。彼女に目を向けて言った。「なんだい、言ってごらん」

「なんのこと？」

イーサンは笑い声をあげながら、曲がりくねった道を器用に運転していく。

「きみがぼくたちの関係をほのめかしたとき、ミリアムがなぜあんなに驚いたのかって聞きたいんじゃないか？」

　イーサンはわだちの跡のついた細い道を前に、不意にエンジンを切った。小鳥のさえずりや牛の鳴き声などがあけた窓から入ってくる。片手をハンドルにかけ、もう片方の手にたばこをはさみ、イーサンはなんと説明しようか考えていた。ミリアムが事実を曲げてアラベラの耳に吹きこむ前に、自分の口から事情を明かさなければならない。

「ミリアムは新婚の二週目から浮気をしたんだ。離婚が決まるまで、その癖は直らなかった。ぼくがベッドで満足させてくれないからっていうのが彼女の言い分なのさ」

　口調は冷静だったが、イーサンの目には苦痛の色がにじみでていた。男としてのプライドを踏みにじられたつらさがよみがえったのだろう。

　アラベラは穏やかなまなざしを向けて言った。「あの人を満足させられる男性なんていないんじゃない、イーサン？　だからとりかえ引きかえ浮気をするんだわ」

　イーサンは無意識のうちにほっと息をついた。アラベラの言葉が気持ちを楽にしてくれた……。

　アラベラはさらに続けた。「おばさまはミリアムが妊娠しているので、よりを戻したがっているんだっておっしゃってたわ。あなたをベッドに誘って、あなたの子供だっていう証拠をつくりたいんだろうって」

「はじめに言ったじゃないか。ぼくはまっぴらだってね。ミリアムがどんな策を弄《ろう》そうと思いどおりにはさせないよ」

「でも彼女、あなたが父親だってふれまわるわ、きっと」

「ミリアムならやりかねないな」イーサンは吐息をついた。

「どうしたらいいの？」

「考えてみるよ」

ベッドルームに鍵《かぎ》をかけてもいいが、あまりにも大人げないし……。イーサンはアラベラのほうを見ないで考えていた。

「わたしにできることがあったら言ってね。ベッドのテクニックだけは、あなたの手ほど以上のことは知らないけど……」アラベラはイーサンの視線を避けて言った。

イーサンはアラベラをじっと見つめてから、ようやく口を開いた。「おいおい、からかうなよ」

「からかってなんかいないわ」

「だれかつきあってる人くらいいたんだろう？」

「いいえ、いなかったわ」

「デートしなかったなんて言わせないよ。バージンかどうかはともかく、あのままだなんてわけがないじゃないか」

アラベラは言葉につまった。ほかのだれかの手が自分のからだをさわることを考えただけで、ぞっとしたのだ、などと言えはしない。彼女はなんとか話題をかえようとした。

「返事をしてくれ、アラベラ」イーサンが促す。

アラベラはうらめしげに彼をにらみつけた。「いやよ」

イーサンはにやりとした。「ぼくの手ほどきがよすぎて、ほかの男性を受けつけなくなったわけかい？」

アラベラが頬を染め、目をそらしたのを見て、イーサンの胸は躍った。

手をのばしてアラベラの髪にふれる。「残念だったな、途中でやめて。きみはほんとうにすてきだったのに」

「大人だってふりをしようと必死だったの」

イーサンはたばこを灰皿でもみ消し、あらためてアラベラを探るように見つめた。

「ともかく、きみにしてもらいたいのは、ミリアムの前でいかにもぼくと深い仲だっていうふりをすることだよ」

話題が現実のことに戻ったので、アラベラはほっとした。

「襟が大きく開いたドレスを着て、あなたにしなだれかかるっていうのはどう？」

「その調子だ、アラベラ」

「恥ずかしくなったりしない？」

「人前でぼくの服を脱がしさえしなければ、なにをされても平気さ。だけど母さんをあまりあわてさせたくないからな」

「せっかくだけど、この手じゃあまりきわどい演技はできそうにないわ」アラベラはギプスに目を落として言った。「人の服どころか自分のも脱ぐのは大変なんですもの」

「そうだろうね」イーサンはすけて見えている、アラベラのブラジャーのストラップをちらりと見て答えた。「いつもどうやって脱いでるんだい？」

アラベラは肩をすくめた。「だいたいなんとか自分で脱げるんだけど、ブラジャーだけはちょっと……」

「ミリアムが帰るまで、ブラジャーをつけないっていうのは効果的だろうね。ミリアムはかっかとなるに決まってるな」

「おばさまが心臓麻痺《まひ》になられたら大変だわ」

「母さんなら大丈夫さ。きみが十八のときから、きみのことをとっても気に入ってるんだから」イーサンの目がきらりと光った。「ぼくがどうしてミリアムを選んだのかいまだに不思議がってる」

「ちっとも不思議なんかじゃないわ」アラベラは無理に笑ってみせた。「あの人は男の人を夢中にさせるものをすべて備えていたもの。わたしなんか比べものにならなかったわ」視線を落として、みじめな気持ちをおし隠そうとする。「音楽の才能だけは彼女より上だったかもしれないのに、それさえおぼつかなくなってしまって……」

「なにを言ってるんだ」イーサンはしかりつけるような口調で言いながら、彼女の肩に手をまわした。「先のことなんかくよくよ考えるのはやめろよ。ギプスがとれたらどうなるか、きみのお父さんがどう思うかなんて、今考えたってしようがないじゃないか。それより、ミリアムの追いだし作戦のほうが先さ。きみが協力してくれるんだから、ぼくだってお父さんが来られたときはできるだけのことはするよ」

「パパは来るかしら、イーサン？」アラベラが悲しげな声で問いかける。

彼女のあまりにもひたむきなまなざしに、イーサンは胸をつかれた。アラベラは十八のときとかわらず美しく、無垢《むく》のままだ。ああ、あのときミリアムの妖《あや》しい魅力に目がくらみさえしなければ。だがもう遅い。今アラベラは仮の愛人役をしてくれるだけだ。調子にのってはならない。アラベラを自分のものにしたわけではないのだから。

「来る来ないは関係ないよ」イーサンはアラベラのきれいな指を見ながら答えた。「いずれにせよ、ぼくが面倒を見るから」

アラベラはじんとくるほどうれしかった。ずっとそうだといいのに。彼女は目を閉じて彼のコロンの香りをかぎながら、たくましいからだの体温が伝わるほどそばにいられる幸せを味わっていた。

思えば、わたしはいつもひとりぼっちで、愛情に飢えていた。パパはわたしの才能を愛しているだけなのだ。だれかに愛されたことがあるだろうか。でもイーサンにだけは愛してもらいたい。もちろん無理なのはわかっている。イーサンが持っていた人を愛する心を、ミリアムが打ち砕いてしまったのだから。

「どうしたんだい？」イーサンが顎に手をかけて彼女の目をのぞきこもうとした。「黙りこくって？」

「どうしたんだい？」

イーサンのやさしい言葉を聞いて、アラベラの目から涙があふれてきた。

下唇がふるえるのをとめようと歯をかみしめる。

「なんでもないの」

アラベラは目を閉じた。なんて臆病《おくびょう》なのかしら。愛してくれないのはなぜと聞いてしまえばいいのに、怖くて聞けないのだ。

「人生が終わりだとでも思ってるんじゃないのかい？」イーサンは言った。「まだこれからだっていうのに」

「心配性になってしまったみたいなの」アラベラは涙をぬぐいながら言った。「だって、なにもかも台なしになってしまったんですもの。音楽もニューヨークの生活も。演奏旅行だって……パパにまで見はなされたみたいだし」

「今に連絡があるさ。手もよくなる。今のところは仕事がなくたって別の仕事があるじゃないか」

「そうね」アラベラは弱々しく笑った。「あなたを独身でいさせてあげる仕事がね」

イーサンは不本意だと言う表情をした。「それは違うな。修羅場をつくらずミリアムを帰らせるのが目的なんだよ」

アラベラは頭をあげた。「すごい美人じゃない、ミリアムって」と言いながら、彼の銀色の目をのぞきこもうとした。「ほんとに戻ってほしくないの？　以前は愛してたのに」

「愛してたと思っていたのは、幻想だったんだ」イーサンはアラベラのダークブラウンの髪を耳のうしろに撫《な》でつけようとした。「外見が美しくても中身が美しいとはかぎらないんだ、アラベラ。ミリアムは容姿がよければそれでいいと思っている。心がきれいで、温かいってことのほうが外見の美しさよりどれほど大事かしれないのに」

「ミリアムってそれほど冷たい人じゃないと思うわ」

イーサンは口もとをほころばせて、アラベラを探るように見た。「よりを戻させたいみたいだね？」

「違うわ」アラベラは視線をおとして答えた。「ミリアムを追いかえしたいっていうのが、本気かどうか知りたかっただけ」

アラベラの頭を抱きかかえるようにしながら、過ぎた日のことを思う。「本気だとも。そもそも結婚したことが間違ってたんだ」不意にアラベラの表情を確かめたくなって、イーサンはからだをそらせた。繊細ななかにも、凛《りん》としたところのある美しい顔だ。「欲望に負けてしまったのがいけなかったんだ」

アラベラはみじめな気持ちになった。自分に対しても欲望に負けそうになったことがあるではないか。だけど愛されはしなかった。イーサンはミリアムを愛していなかったと言うが、引かれていたからこそ結婚したにちがいない。

「なにを考えているんだい？」イーサンはアラベラの額のあたりを見ながら問いかけた。

「思いだしてただけ」アラベラは吐息をついて、微笑《ほほえ》みかけた。「わたしって――」

言い終わる前に、いきなり唇をふさがれる。

彼の激しい情熱を感じて、アラベラは身をかたくした。会わずにいた四年間が一挙に消えうせたかのようだった。彼の香りをまだ覚えていた。じらすような唇の動きも、喉のなかのくぐもった声も、あの四年前のはじめてのキスそのものだ。

「キスを返すんだ」イーサンがささやく。

「だって、だめよ――」アラベラは負けそうになりながらもあらがった。

「こうしてほしかったんだろう。ずっと前から。わかってたんだ」イーサンは荒々しい口調で言った。

指を髪にかき入れながら、むさぼるようにキスする。

からだが熱く燃えている。忘れかけていた欲望がうずきはじめた。アラベラはぼくのものだ。ああ、彼女がほしい。ミリアムなんかどうでもいい。アラベラさえいれば。華奢《きゃしゃ》なからだを抱きしめながら唇の感触を楽しもうとする。

「ああ、きみがほしい」

「だめよ……」アラベラはみじめな気持ちで答えた。

イーサンはふたたび彼女に唇を重ねた。両手でアラベラを抱きかかえ、彼女の胸を自分の胸に押しつけようとする。が、アラベラはそうさせまいと必死で抵抗した。ミリアムに挑発されて高まった欲望のはけ口にはされたくない。

イーサンはアラベラの反応がおかしいと感じた。自分がこんなに興奮しているのに、彼女はおびえている。だがそのおびえた表情の下の秘められた思いまでは見ぬけないでいた。

それでもなお、忘れかけていた情熱がよみがえるのを感じた。うねるような欲望が抑えきれない。ほかのだれにも感じたことのないほどの衝動を、ぶつけたくなる相手がまたもやアラベラだとは！

6

　アラベラはイーサンと目を合わすまいとした。自分をとらえている腕がふるえているのは、衝動を抑えられなくなっているからにちがいない。引きしまったからだには信じられないほどの力があるのを知っているだけに、怖かった。だが逃げようとすればするほど、彼の腕は強くしめつけてくる。

「なにがだめなんだ？」イーサンは尋ねた。

「あなたはほんとうはミリアムを求めているのよ。わたしは身がわりなんだわ。また同じことのくりかえしなんていや」

　イーサンがぎくっとして腕の力をゆるめたすきに、アラベラは車からおりた。両手を組んで腕を抱くようにしながら、地平線のかなたに目をやる。

　イーサンもおりてきてたばこに火をつけた。アラベラがついてくるのが当然というように、先に立って歩いていく。やがて小川のそばの林まで来ると、ひときわ大きな木に寄りかかってたばこをくゆらした。アラベラもそばの木に背をもたせかけ、野の花のまわりを飛びかう蝶《ちょう》に目をやる。

ふたりのあいだに重苦しい沈黙が流れた。イーサンの視線が自分にそそがれているのを痛いほど感じる。

「身がわりなんかじゃないよ」煙を吐いたあとで、イーサンは小川に目を移した。「ミリアムとは夫婦じゃなくなったんだから」

「彼女がかわったということもあってよ」胸の痛みに耐えながら、アラベラは言った。

「やり直せるかもしれないわ」

「やり直したがっているのはミリアムなんだ」さすような視線が返ってきた。「彼女はぼくをまいらせようって魂胆なのさ。目あてなのはぼくじゃなく、財布の中身だ」

口に出すのもつらい言葉にちがいない。イーサンはミリアムを愛していたのに、彼女が求めていたのは彼の財産だったなんて。

アラベラはギプスをいじりながら言った。「さぞつらかったでしょうね」

「人を人間扱いしないような相手はまっぴらだ」イーサンは吐き捨てるように言い、たばこをブーツで踏み消した。

「あなたがそう思っているなら、ミリアムもあきらめて出ていくわ」

「いや、そうはいかない。ぼくたちの関係を見きわめなければ、彼女はあきらめないよ」

イーサンは目に決意をみなぎらせて近づいてきた。「できることがあればしてくれるって言ったね？」

「だめよ、イーサン」アラベラはかすれ声で抗議した。

この目の光は尋常ではない。いつか入江で抱きすくめられたときと同じ目つきだ。

「やめて、イーサン。一時の気まぐれなんでしょう？　あなたが求めているのはミリアムなのよ。今度もそうだわ。そうに決まってる！」

イーサンはアラベラの前に立ちはだかった。

「違うよ」しゃがれた声で答えながら、アラベラの表情を探る。自分のなかにこれほど激しい欲望が息づいていると感じたのはまさしく四年ぶりのことだった。

「でも、だめ……」アラベラの声がしだいに弱々しくなる。もう傷つくのはいやだという気持ちが声にこもっていた。「お願いだから」

「こっちを見るんだ」

アラベラは首をふった。

「見ろって言ってるじゃないか！」

有無を言わさぬ口調につられて目をあげたとたん、彼の鋭いまなざしにいすくめられてしまった。イーサンがかがみこもうとする。アラベラは息をとめ、わずかに身をよじってはみたが、ついに観念したかのように唇を開いた。

イーサンの目が欲望にきらめく。

「こんなことしちゃだめだわ、イーサン」アラベラは熱いからだを押しつけられて理性を失いそうになりながらも、過去の苦い思い出がこみあげてくるのを抑えられなかった。

「いくらなんでも」

「四年前の手ほどきの続きだよ。覚えているだろう。キスの仕方を教えたのを……」そう言うと、イーサンは唇をたくみに動かして、アラベラの口を開かせ、むさぼるようにキスをしてきた。

アラベラの口からうめきがもれる。

「シャツのボタンをはずしてくれ、さあ」イーサンが促す。

彼の言うとおりにしてはいけないと思いながらも、アラベラは唇を重ねながら、ひとつずつボタンをはずしていった。そして彼のたくましい胸に手を這《は》わせる。

「顔にキスしてごらん」上ずった声が促す。

アラベラは石鹸《せっけん》とコロンのいりまじった香りを吸いながら、キスの雨を降らせていった。

「イーサン？」アラベラは不安にかられて問いかけた。彼は身をこわばらせ、ふるえてさえいる。

「怖がることなんかないんだ、アラベラ」イーサンはささやいた。「抱きあげるから待って……ああっ！」イーサンは腰をぴったりと押しつけてくる。

木の幹がごつごつと背中にあたるのも苦にならないほど、アラベラの欲望も高まっていた。思わず彼のからだに腕を巻きつける。

「もっと寄りそいたいんだろう。ぼくもなんだ。足を動かしてごらん……そうだよ！」

イーサンは彼女の腰に両手をあてがい、口づけをくりかえす。

「きみがほしい、アラベラ……たまらなく……」

イーサンが彼女のからだを抱きかかえる。アラベラは黙ったまま目を閉じていた。わたしはあなたのものよ、と心のなかでつぶやきながら……。

そよ風に髪がなびく。イーサンは唇を合わせたまま、歩いていった。やがてトラックのドアをあけると、アラベラを助手席に向かいあうように座らせる。

さっきまでの興奮がまださめない。アラベラは、彼の欲望に火がついたのはミリアムのせいだと思った。自分が満足させられなかった女への未練にちがいない。アラベラはイーサンのあらわな胸のあたりに視線をさまよわせた。

「これではっきりしただろう。ぼくたちは深い仲なんだ」

アラベラは頬を染めた。「そこまで……行かなかったわ」

「行ったも同然さ」人さし指でアラベラの唇をなぞりながら言う。「あれだけ燃えあがるんだから」

「からだだけだわ、イーサン」アラベラは弱々しく抗議した。

イーサンがアラベラの髪を指にからませる。

「それは違う」

「ミリアムを思いどおりにできなかったから、そのはけ口を……」

イーサンはぴくりと眉をつりあげた。「なんだって？」

アラベラはギプスのはまった腕を曲げ、目を落とした。

「もう帰りましょうよ」

「協力を申しでたのはきみなんだぞ」

「だからキスしたの？」

「そんなんじゃない」イーサンはアラベラのまぶたにそっとキスした。「きみのおかげで再び女性を愛せるようになったよ」

どういうことなのだろう。ミリアムを満足させられなかったとは言っていたが、不能であるわけがない。アラベラはさっきの激しい愛撫《あいぶ》を思いだして、身をふるわせた。

「今夜はどうするの？」アラベラは話題をかえた。「ミリアムはあなたのベッドルームに忍びこんでくるに決まってるわ」

「ぼくに任せてくれよ。それよりほんとうに帰りたいのかい？」

ほんとうは帰りたくなかったが、アラベラはうなずいた。

イーサンは両手でアラベラの顔をはさみ、目を合わせようとする。

「ぼくがきみのからだ目あてだとしたら、四年前に自分のものにしてたさ。あの入江ではきみがいやがらなかっただろうからね」

「どういうことかしら」

「わからないのかな」

最後に荒っぽいキスをすると、イーサンはエンジンをスタートさせた。

「だって、ミリアムを追いかえすために、お芝居してみせるだけなんでしょう？」アラベラは半信半疑だった。

「だけど、さっきのは芝居なんかじゃなかっただろう？」

「でも、遊び半分なんていやだわ」

「ぼくだってそうさ」イーサンはギヤをかえ、車をバックさせた。「火をつけてくれないか、アラベラ」

たばことライターを渡される。アラベラは手がふるえて、三度も火をつけ直さなければならなかった。

「ぼくとベッドをともにするのを想像したことがあるかい？」イーサンが唐突に尋ねた。

ない、と答えようか？　自問自答したあとで、アラベラは吐息をつきながら答えた。

「あるわ」

「別に恥ずかしがることはないさ。ぼくたちみたいに長いつきあいだったら当然のことだからね。だけど、きみは結婚もしないのにベッドをともにするのはいやなんだろう？」

アラベラはフロントガラスをまっすぐ見すえながら答えた。「ええ」

イーサンはちらりと目をやり、おもむろにうなずく。「そうか」

なにもかもが、わけがわからなくなってくる。イーサンがあんなに欲望をあらわにしたのは、ミリアムのせいではなかったのだろうか。

これから時間をかけてはっきりさせてみよう。黙ったままたばこを吸っているイーサンを横目で見ながら、アラベラは自分の人生が想像もつかないものにかわっていくのを感じていた。

その日の夕食は険悪な雰囲気が漂った。ミリアムは料理にいちいち文句をつけてほとんど手をつけず、アラベラをにらみつけてばかりいる。ふたりがトラックからおりたったところを目撃し、わたしの髪もメイクも乱れているのを見て、すぐにラブシーンを想像したからではないか、とアラベラは思った。

アラベラの推測はあたっていた。ミリアムはふたりのただならぬようすを目のあたりにして、怒りを煮えたぎらせていたのだ。小娘だと思っていた相手が、イーサンを夢中にさせてしまっている。そういえば、四年前もイーサンのアラベラへのまなざしが気になっていたのを思いだす。これではよりを戻すどころではなくなってしまう。嫉妬《しっと》と言うよりは、アラベラみたいな小娘にしてやられた悔しさのほうが大きかった。イーサンはわたしのからだには引かれていたものの、心はあの小娘に奪われていたのだ。離婚成立を長引かせたのはそれを察していたからだ。ふたりの愛を邪魔してやりたい。だがこのようすではむずかしそうだと、ミリアムはあせりを覚えていた。

イーサンはミリアムの怒りなど少しも気にならなかった。アラベラの表情を追うのに忙しかったからだ。あのふっくらとした唇を奪ったときに、自分は男としての自信をとり戻した。ミリアムの存在を意識せずにいられたのははじめてだった。ベッドで満足させられなかったと、ことあるごとに揶揄《やゆ》されたが、あれはからだのせいなどではなく、相手がアラベラでなかったからなのだと、イーサンはようやくさとりはじめていた。

ミリアムはイーサンに甘えるように言った。「なにを考えこんでいるの、イーサン？一緒だったころのことを思いだしてるんじゃなくて？」

イーサンは口をきっと引き結んだまま、ミリアムの顔をまじまじと見つめた。次第に怒りが薄れていく。彼女は心の奥底に男に対する憎しみを秘めているのではないだろうか。それで、美貌《びぼう》を武器にして男をいためつけようとしているのでは……。

「きみは小さいときによほど苦労したにちがいないと想像してたんだ」イーサンは答えた。

ミリアムは血相をかえた。落としたフォークをあわてて拾いあげながら、イーサンにかみつく。「どういうつもりで、言ってるのよ？」

イーサンの目にあわれみの色が浮かんだ。今まで見えなかったものが、ありありと見えてくるような気がする。ミリアムを求めていたと思ったのは錯覚だったのだ。愛ではなかった。だが憎む気にもなれない。

「理由はないさ。それより、肉を食べたらどうだい。だれがなんと言おうと、人類がここまで生きながらえたのは、肉を食べてきたおかげなんだから」

「でもわたし、すっかり食欲をなくしちゃったわ」ミリアムは探るような視線を投げかえしながら答えた。

アラベラはふたりの遠慮のないやりとりをみじめな思いで聞いていた。イーサンはミリアムを元気づけようとしているのではないだろうか……。イーサンには幸せになってもらいたい。ミリアムが戻ったほうが幸せになるとしたら、自分はそれに耐えられるほど強くならなくては。

イーサンがこっちを見て笑いかけている。考えこんでいる自分に気づいたのだろうか。彼は不意にテーブル越しに手をのばしてきた。そしてアラベラの手をそっと握りしめてから、唇をつける。コリーンは目を丸くしたものの喜んでいるようだったが、ミリアムのほうは顔を引きつらせた。

アラベラはあまりにも率直な愛の表現に、ふるえそうになった。

「これからテレビを見させられるわけ？」ミリアムが言う。

イーサンは片方の眉をつりあげた。「もちろんさ。シロクマは大好きなんだ」

「わたしはまっぴら。シロクマも田舎暮らしも、動物の鳴き声も、この家もあなたも大嫌い！」

「きみはよりを戻しにきたんじゃなかったのかい？」

「よく言えたものね。野原でこのピアニストといちゃついてきたくせに！」

アラベラはまっ赤になったが、イーサンはミリアムをぎょっとさせるほどの大きな声で笑った。

「おあいにくさまだな。野原じゃなくてトラックのなかだったんだ。婚約してれば当然だろう」

「そうでしょうよ」ミリアムはナプキンをほうって、立ちあがった。「もう寝るから、失礼するわ」

ミリアムがいなくなると、コリーンは椅子に寄りかかって大きく息をついた。

「やれやれ！　これでゆっくり食べられるわ」と言って、ロールパンを手にとり、バターを塗りはじめる。「それにしても、トラックでラブシーンとは隅に置けないわね」

「ミリアムをやきもきさせようと言ってみたのさ。まるっきりでまかせってわけじゃないけど」

「アラベラはバージンなのよ」コリーンがあけすけに言う。

「わかってるよ。それとこれとは別さ。ミリアムを追いかえせればいいんだから」

「もっと早く手の打ちようがあったのにね」コリーンはアラベラの手を軽くたたいて言っ

た。「恥ずかしがらないでいいのよ、アラベラ。ベッドをともにすることも人生には大事なことなんだから。でもあなたはミリアムみたいなタイプじゃないのよね。いい加減なのがいやなんだわ。それはイーサンも同じよ。潔癖性なの、この子は」

「同類ってわけか。それより二十三歳のバージンをどう思う？」

「賢明だと思うわ」コリーンは答えた。「古めかしいモラルというよりは常識と言うべきじゃないかしら。わたしはウーマンリブ大賛成だけど、愛情も責任感もなしにからだを与えるなんてまっぴらだわ」

イーサンは立ちあがり、自分の椅子を押してうやうやしく言った。「お説教を続ける気なら、この上でどうぞ」

コリーンがたじろいでいると、イーサンはいきなり小柄な母親を抱きあげて、頬にキスした。

「大好きさ、母さん。今のままでいてほしいな」

「イーサンったら。おどかさないで」コリーンはロールパンを手にしたまま、つぶやく。

イーサンは母の額にキスした。それから急にアラベラの目を見つめて言う。「電話をかけなければならないところがあるんだ。ミリアムがおりてきたら、オフィスに来てくれ。さっきの続きをして見せるから」

アラベラは頬を染めたが、笑みを返した。

「わかったわ」

イーサンはふたりにウインクして、姿を消した。

「あの子をまだ愛してるのね」コリーンがコーヒーを飲みながら問いかける。

アラベラは肩をすくめた。「不治の病みたい。ミリアムのことがあっても、口げんかをしても、ずっと会わずにいても、やっぱりわたしには彼しかいないんです」

「あの子もそうらしいわ」

「らしくは見せてても、ミリアムを遠ざけるためのお芝居ですわ」

「でも不思議よね。一日であんなにかわってしまうなんて」コリーンはアラベラをまじまじと見て言った。「ミリアムが来たときはあんなに緊張していらいらしてたのに、今は別人みたいに晴れ晴れとした顔をしてるんだもの。あなた、ふたりきりだったときに魔法でもかけたんじゃなくて？」

「ただキスしただけですわ。でも変ですよね。彼、確か、〝きみのおかげで再び女性を愛せるようになった〃なんて言ったんです。ミリアムにもの足りないってけなされたとは聞いてましたけど。男としての自信をとり戻したかっただけなんでしょうね、きっと」

コリーンは意味ありげに微笑《ほほえ》み、コーヒーに目を落とした。

「そうかもしれないわね。でもミリアムのことだから次の手を打とうとするわよ、きっと。それも今夜のうちに」

「わたしもそう言ったんです。でもまさか一緒にベッドにいたほうがいいんじゃないかとも言いだせなくて」アラベラはせきばらいをした。「彼ってほんとに潔癖なんですもの。わたしからそんなこと言ったら、しかられそうで。もちろんほんとはソファ……かなにかで寝るつもりですけど。だって……」コリーンがどう思うかと不安になって、アラベラは口ごもった。

「わかってるから、心配しないで。でもそれは名案だわ。あなたが彼のベッドルームにいると知ったら、まさかミリアムでも忍びこむわけにはいかないもの」コリーンはにやりとした。「第一プライドが許さないわ」

「イーサンはいやがるわ、きっと。それにもしミリアムがおばさまに言いつけたら、お困りになるでしょう。いくら婚約してても同じ部屋に寝るのをお許しになるわけがないから」

「仰天してみせるわよ。そしてそのあとで、結婚式を急がせることにするわ」

「まさか、そんなこと!」アラベラは息をのんだ。

コリーンは立ちあがって、食器を片づけながら、いたずらっぽい目つきをしてみせた。「任せておいて。わたしにだけわかってることがあるの。さあ、お皿を運んでちょうだい。ベティ・アンが早めに帰っちゃったから、手伝ってほしいのよ。そのあとで作戦を練りましょう。あなた、セクシーなネグリジェ持ってて?」

およそ現実ばなれしたことが起きてしまった。アラベラはコリーンに渡された白いサテンのネグリジェとローブのアンサンブルをまとい、イーサンのベッドルームに座っていた。これが彼の実の母のさし金だなんて言えようか。

アラベラは長い髪をブラッシングしはじめた。ブラジャーをしたままネグリジェを着ているのがなんとなく気になる。自分でははずせないので、コリーンに頼もうとしたのだが、彼女はすでに寝てしまっていた。とはいえ、ブラジャーをしているせいで、胸の谷間がくっきり露出して、グラマーな女性の役を演じているような気がしてくる。

アンティークのベッドには白地に黒と茶のチェックのベッドカバーがかけてある。アラベラは端のほうに腰かけていたが、あまりに男性的なインテリアのなかで、自分が場違いのところにいるような気がしてならなかった。

暖炉のそばに革張りの椅子が二脚置いてあり、床にはネイティブ・アメリカンのラグが敷いてある。窓にかかったベージュの重々しいカーテンのすきまから、三日月がのぞいている。一方の壁に脚つきのチェストが置いてあり、もう片方の壁にはクローゼットとドレッサーが並んでいた。

ドアが開く音がしたので、アラベラはあわててポーズをとった。きっとミリアムがのぞきにきたのだろう。あわててガウンの襟を広げ、ギプスをはめた手をうしろに隠し、できるだけセクシーに見せようと笑みを浮かべる。

しかし、現れたのはミリアムではなかった。シャツのボタンに手をやったまま、立ちすくんでいるのはイーサンだった。

7

「まあ！」

思わず声をあげて、アラベラはちぢこまった。からだの線をあらわにする白いサテンのことや、襟あきを広げて見せてしまった胸の谷間のことが恥ずかしくなってくる。ドアを音高くしめたイーサンの表情は、すぐには読めなかった。疲れがにじみでていたが、目だけはあやしい輝きを帯びている。彼は生まれてはじめて女性のからだを目の前にしたように熱い視線を這《は》わせはじめた。

「驚いたな」イーサンはようやく息をついた。「ひざまずきたくなってくるよ」

怒られなかったので、アラベラはほっとした。「そうかしら」とおうむがえしに答えてみたものの、言葉の意味がわかってくると、うれしくなってきた。

イーサンが近づいてくる。シャツがはだけ、ひげがのびかけている顔は、荒々しく精悍《せいかん》な感じがする。

「ブラジャーをしたままなのかい？」並んで座ると、彼は問いかけた。

アラベラが恥ずかしそうに微笑《ほほえ》む。「まだ自分ではずせないのよ」

イーサンは笑いながら言った。「おいで」

抱き寄せるようにして、手をまわし、ストラップをさげてから、ホックをはずしにかかる。不意にルーズなシルエットのネグリジェがするりと落ちて、ブラジャーだけのしどけない姿になってしまった。

イーサンが息をのむのがわかった。ぎこちない笑いが口からもれる。

「まいったな」

「なにが？」アラベラも動揺して問いかえした。

「いいんだ」イーサンはホックをはずしながら、アラベラが豊かな胸を隠そうとするしぐさを楽しんでいた。「このままでいい」素肌の背中を支えながら、思わず唇を重ねてしまう。

アラベラはこれまでにないほど欲望をかきたてられていた。四年前にはじめて入江で唇を奪われたとき以上に……。女性として成熟しているうえに、イーサンへの愛を募らせているせいなのだろうか。胸があらわになるのもかまわず、彼女は夢中でけがをしていないほうの腕を彼の首に巻きつけてしまった。

イーサンの指が胸をくすぐる。アラベラはからだを弓なりにそらせてかすかにうめいた。

「こうするのを夢見てたんだ」

胸のふくらみに彼の熱い唇が重なる。のびかけのひげが刺激となって、からだをのけぞらせたくなるほどの快感が走った。

アラベラの口から喜びの声がもれたのがわかると、イーサンの欲望は抑えられなくなった。はじめての快感を素直に見せているアラベラの姿が、イーサンの心をいっそうかきたてる。

なおもキスの雨を降らすと、アラベラが彼の背中に爪をたてる。イーサンはたまらなくなってネグリジェの下に手を入れた。

「だめよ、イーサン……」アラベラがあえぐ。

「怖がることなんかないよ。さあ、シャツを脱がせてくれ」未知の世界に飛びこむのを恐れているアラベラを励ますように、イーサンはやさしくキスした。「きみとベッドをともにしたいんだ。せめて形だけでも」

「どういうことなの？」

イーサンはおびえている瞳にそっとキスした。「愛しあっている者同士なら当然することだよ。さあ、ボタンをはずしてくれ。向かいあって、裸の胸と胸をふれあわせるんだ」

アラベラはからだの奥底からつきあげてくるなにかと戦いながら、ふるえる手でボタンをはずしていった。けがをしていないほうの手を彼の背中にまわし、自分のほうに引きつけるようにして、胸と胸を合わせる。

イーサンは自分の夢が現実になるのを信じかねていた。あのアラベラが、自分を求めている！

「アラベラ。こういうふうにさわるんだ」と言いながら、彼女に愛撫《あいぶ》のしかたを教える。「ああ、アラベラ、きみがほしい！」イーサンはかすれた声でささやいた。

欲望にふるえるイーサンの顔を見ていると、アラベラは怖くなりそうだった。

そのとき不意にドアが開く音がして、アラベラはなぐられたようなショックを覚えた。

「まあ、なんてこと！」ミリアムの叫び声が聞こえる。

ふたたびドアが音高くしまった。わめきちらす声が廊下中に響いている。

イーサンはぶるっと身ぶるいして、アラベラのからだからはなれた。

アラベラは上半身をはだけたまま、起きあがり、気づかうような声をあげる。「大丈夫？」

「ああ」アラベラを見つめているイーサンのまなざしは温かく、満足そうな色を浮かべている。

「ミリアムに見られてしまったわね」

「そのつもりじゃなかったのかい？」

「ええ、でも……」アラベラはまっ赤になってうつむいた。

イーサンはアラベラにやさしくキスしてから両手を広げてのびをした。

「女はみんな、こうやって男のからだにふれてきたんだ。きみのクラスメイトはほとんど経験しているな。あのメアリーだって」

「まさか……」

「恋愛しているなら、当然さ」イーサンは首をかしげて、アラベラの顔をのぞきこんだ。

「アラベラ、こういうふうに相手を求めるのは、別にいけないことじゃないんだ。相手を深く愛しているならね。からだの愛情表現なのさ」

「そんなに簡単には割りきれないわ……」

イーサンはアラベラのしっとりとした髪を撫《な》でつけようとした。

「きみの主義を曲げるつもりはない。無理にここでベッドをともにさせたりはしないよ」

銀色の目がおどけたように光る。イーサンはアラベラの鼻先に軽くキスした。

「ほんとうに愛を交わすのは初夜までおあずけだ」

アラベラは思わず目を見はった。「なんですって？」

「こうなったら結婚するしかない。ミリアムは意地でも帰らないだろう。拒絶されて引っこむような相手じゃないんだ。闘志を燃やして、飛びかかってくるのさ」

「もっと賢明になるべきなのに」

「彼女は自分のほうに分があると思ってるんだ」アラベラはのぞかれまいとしてネグリジェをぴったりと肌に押さえつけている。「手をはなして。そのきれいな胸を見せてほしいな」

「イーサンったら！」

イーサンはくすくす笑った。「まんざら悪い気はしないだろう。素直になって。ぼくはずっと悲観してたんだ。でも今は、自信をとり戻していい気分になってる。だから図にのったことを言っても大目に見てほしいな」

「どういうこと？」

「ぼくは自分が不能だと思ってたんだ」イーサンはさらりと言った。

不能？　ということは愛を交わすことができないということ……？　アラベラは目を丸くした。

「ミリアムがからかっていたのはそういうことだったの？　どんなテクニックを使われてもだめだったんだ。だからたまらなくなって、彼女は出ていった。でも、なかなか離婚しようとはしなかった。ミリアムはぼくがまだ自分に夢中だと確信してたんだろうね。ところが、実ははじめからぼくは勘違いしていたのさ。単にぼくは彼女の肉体に引かれてただけだったんだ。そういう渇望はいったん満たされてしまえば、それっきりなんだ。ぼくの場合はそれだったのさ」

「ベッドでどうしたらいいのか、ミリアムは知りすぎてるぐらいなんでしょうね」アラベラはため息をついた。「わたしなんか怖くて……」

イーサンはアラベラの頭を引き寄せ、髪をやさしく撫でた。

「愛を交わすのは簡単なことじゃない。それは男にとってもだ、アラベラ。とりわけだれかとはじめてベッドをともにする場合はね。でも、今に慣れるさ。きみを傷つけたりはしないつもりだ」

「それはわかってるけど」でも彼はわたしを愛してくれるようになるのだろうか？　それをなによりも望んでいるのに。アラベラはイーサンにすがりながら、吐息をついた。「ミリアムにはほんとに引かれてないの？　あんなにきれいで、洗練されているのに」

抱いている腕に力がこもる。「きみとは比べものにならない」イーサンはかすれた声で答えた。「これまでだってそうだった」

でもあなたはミリアムと結婚したじゃないの。アラベラはそう言いかえしたかった。まだ彼女を愛しているのよ。だから今夜の夕食のときだってあんなにやさしかったんだわ。だが、アラベラは言葉に出さなかった。

突然、イーサンはネグリジェをぐいと引っぱって、自分の裸の胸を押しつけようとした。アラベラが声をあげるのを、笑みを浮かべて楽しんでいる。

「きみが十八だったときに、ぼくはもう女性経験があったけどね。あの入江でぼくは今までにないほど感じてしまった。今でもあのときのことを夢に見るぐらいだ」

「でもあなたはミリアムと結婚したわ」アラベラはイーサンの表情を見まいとして目を閉じ、ゆっくりと言った。「それで説明がつくんじゃなくて？　あなたはわたしのことなんか愛してなかったんだわ。ただからだがほしかっただけなのよ。これからだってそうに決まってる。もうはなして、イーサン！」アラベラは泣き声をもらし、イーサンを押しのけようとした。

腕の力はゆるまない。イーサンはアラベラをベッドに横たわらせた。

「からだがほしかっただけじゃない。「ほんとうだ、アラベラ」と言って、彼女の唇に唇を重ねる。

アラベラの頬から涙が一滴流れ落ちる。キスはなおも続いた。アラベラはイーサンのからだの重みに逆らう気もうせ、身をゆだねた。

イーサンが首をかしげてアラベラの恍惚《こうこつ》となった表情を見おろす。

「もし欲望しか感じなかったとしたら、きみを純潔のままにしておくと思うかい？」

アラベラは息をのみこんだ。「違うと思うわ」

「男が欲望に襲われたら、女性の気持ちなんかどうでもよくなってしまうものなんだよ。きょう、その気になったら、ぼくは欲望をとげていたかもしれない。今だってそうだ。でもやめただろう」

ということは、やめられないほど、自分を求めていなかったからではないか。そう言いたかったが、アラベラは黙っていた。

　イーサンは起きあがり、名残惜しそうにアラベラの胸のふくらみに目をやってから、ネグリジェのストラップをあげた。

「自分に自信が持てないみたいだね」アラベラが立ちあがったとき、イーサンは問いかけた。「これからだんだん自信をつけてあげるよ」

「ミリアムを追いかえすまでだったんじゃなかったかしら」

「確かにそう言ったけど、身も心もひとつになるためには結婚しなければならない」イーサンはにやりとした。「まんざら不都合でもないだろう。ぼくとベッドをともにできるんだし、子供もつくる。一緒に楽しく暮らせるんじゃないかな。たとえきみの手がピアノ教師としてしか役にたたないとなっても」

「それでわたしは満足すると思っているのね」アラベラは悲しげに尋ねた。

　イーサンは笑顔のまま、思案をめぐらしていた。彼女は自分を愛しているのではなかったのか。いかにもそう思えたが。結婚は音楽のかわりにはなれないと言うのか。

「ここでは幸せになれないと思ってるのかい？」

　アラベラはもぞもぞ身動きした。「疲れたわ、イーサン。結婚のことはまた別のときに話したいの。いいでしょう？」

　イーサンはポケットからたばこをとりだすと、眉を寄せながら火をつけた。

「いいさ。だけど遅かれ早かれ決着をつけなければならなくなるよ」

「それまではできるだけのお手伝いはするわ。ほんとうにあなたがそれを望んでいるなら」

「まさかぼくが彼女とよりを戻したがってるなんて思っちゃいないだろうね」

「違うの？」アラベラはみじめな気持ちで問いかえした。

「さっき言ったことが聞こえなかったのかい？　不能って意味は知ってるんだろう？」イーサンの口調は怒気をふくんでいる。

「わ、わかってるわ！」アラベラはイーサンからはなれて答えた。「ただ……あなたはほんとうはミリアムを求めているのに、また失うのがつらいから、それで……今度こそ彼女とうまくいくためにこんなことをしてるんじゃないかって。あの人が浮気したから、それに対抗して……」

「ばかな」

イーサンは煙をふっと吐き、うんざりしたように吐息をついた。彼女を納得させるのはむずかしそうだ。とりわけ今夜は疲れすぎている。別の機会にしたほうがいいだろう。

「もう部屋にお帰り。ミリアムが母さんを引っぱってでもこようものなら、とんでもないことになるからな」

「おばさまなら大丈夫よ」

「大丈夫って、どうして？」

アラベラは目をあげた。「だってそもそもがおばさまの発案なんですもの。ネグリジェまで用意してくださったのよ」

「まったく、母さんったら！」イーサンは悪態をついた。

「ミリアムからあなたを助けてあげようとしただけだわ」

「まあ、いいさ……。ということは、もうだれにも邪魔されないってことだな」イーサンの手がアラベラの腰にかかり、押し倒そうとした。「さあ、ネグリジェを脱いでベッドに入るんだ」

アラベラはからだがふるえそうになるのをこらえて叫んだ。「あなたがそうしたいのはわたしじゃないわ、ミリアムなのよ！」と言って、立ちあがりかける。

「わからない人だな」イーサンは頭をふった。「よし、行きたまえ。だけどこれからはきみにぴったりついてまわるからな。もう二度ときみを手ばなしたりしない」

どういうことなのだろう。イーサンはおかしなことばかり口走っている。それに、ミリアムとはうまくいかなかったと言ったあとで、あんなに情熱的にわたしに迫ってきたのも変だし……。なにか心理的要因があるはずだわ。ミリアムに魅せられてまた裏切られるのを恐れているのではないだろうか……。こんなことばかり考えるのはいやだ。つらすぎる。イーサンの激情には心を乱され、混乱させられてしまう。はじめてのときもそうだった。

自分は単なる欲望の代用品ではないかと思えてしまうのだ。

「自分の人生に人の指図は受けないわ」アラベラはドアのほうに歩いていきながら言った。

「四年前にもう顔も見たくないって言われたことはまだ覚えているのよ、イーサン」

「今に忘れるさ」彼はドアをあけてやりながら答えた。「きみはぼくがどうしてそんなことを言ったか知らないだけだ」

「知ってるわ。わたしが邪魔だったんでしょ?」

「ミリアムと結婚するためにって言うのか」

「そうよ」

イーサンはたばこを指にはさんだまま、アラベラをまじまじと見た。

「ものごとをちゃんと見ようとしないとなにも見えなくなってしまうよ。あのときぎみは十八だったんだよ。お父さんの言いなりになって、音楽の道をつき進もうとしていた。そんなときにはじめて愛を交わしかけた。ぼくは今のきみの年だった。逆の立場だったらどんなだか、どういう判断をするかわかるんじゃないかい?」

アラベラは気力もうせて、ただじっとイーサンを見つめていた。「年に関係があるかしら?」

「大ありだよ」イーサンは顔を引きしめた。「あきれたな。わからないのかい? アラベラ、もしあの入江できみを妊娠させてしまったとしたらどうなると思う?」

アラベラは蒼白《そうはく》になった。父がどうするか想像できたからだ。父は未婚の母など決して許さないだろう……。

「妊娠なんかしなかったと思うわ」アラベラはおずおずと言った。「しない人だっているんですもの」

「なかにはそういう例もあるが、する可能性のほうが大きいんだ。あの日はなにも用意してなかったし……。生命を創造するチャンスは大だったんだ」イーサンの瞳が温かい色を帯びる。「そうなりたかったよ」しゃがれた声で言う。「ああ、きみに子供を生ませたいんだ、アラベラ」

からだが熱くなってきて、アラベラはドアのノブを握るのもやっとだった。「もう……部屋に戻って寝るわ、イーサン」

「きみも同じ気持ちなんだろう、違うのかい？」

「まだ結婚してないのよ」平静を保とうと努力しながら言った。

「今にする」イーサンはドアに寄りかかって、アラベラのからだに執拗《しつよう》な視線を這わせた。「赤ん坊のおむつをかえたり、ミルクをやったりするのは苦にしないよ。スポーツと酒を飲む以外は女の仕事だなんて思ってる野蛮な連中とは違うからね」

アラベラは疑念を捨てきれはしなかったが、彼の話を聞いているうちに温かい気持ちになってきた。

「子供ができなかったとしたら、どうなるの？」

イーサンは笑顔になって、指先で唇をさわった。

「そうなったら、ふたりきりの生活をだれよりも楽しむのさ。どこに行くのも一緒でね。養子をもらってもいいし、子供のためのボランティアの仕事をしてもいいじゃないか」イーサンはアラベラのまぶたにキスした。「母親になってもらうことだけを期待してるわけじゃないんだ。もちろん子供は結婚による貴重な産物ではあるけど。それだけが結婚の理由にはなりえない」

こんな言葉をイーサンの口から聞こうとは思いもしなかった。アラベラの頬に涙が伝い、嗚咽《おえつ》がもれる。

「アラベラ、どうしたんだ……」

イーサンはかがみこんで彼女のからだを揺すぶった。

「アラベラ、泣かないで」

涙の味がする唇にキスしながら、なおもあやすように彼女のからだを揺する。やがてアラベラのけがをしていないほうの腕がイーサンのからだにからみつき、ふたりの抱擁は激しくなった。

「おやおや、覚悟はしてたけど、それにしても大変なラブシーンだこと」そのとき、コリーン・ハーダマンの声がした。

イーサンがあわててふりむくと、壁に寄りかかって悠然とこちらを見ている母親の姿が目に入り、さすがの彼も間が悪そうに顔を赤らめた。

8

アラベラは身の置きどころがないほど狼狽《ろうばい》して、イーサンの腕のなかでちぢこまっていた。

「お願いだから、はなして」

「いいじゃないか」イーサンは居直るようにささやいた。「やっと気が合いかけたんだから」

「ミリアムの話だと、クライマックスはもう過ぎたようだけど」コリーンは笑い声をあげた。「もう行くところまで行ってしまったって聞いたわ。おかたいアラベラからは想像もつかない恥知らずな行為をさせてたって」息子のほうには眉をつりあげて言う。「やるときはやるのね」

イーサンはにやりとした。「彼女はとても協力的だったからね」と言って、アラベラのほうにいたずらっぽい視線を投げかける。

「ミリアムもそう言ってたわ」コリーンはうなずいた。

「ひどいわ。あなたのせいなのに！」アラベラはもがきながら声をあげた。

イーサンはアラベラをそっと立たせた。「そもそもぼくのベッドで悩ましげなポーズをとってたのはだれだったかな？」それから母親のほうに目を向けて問いかけた。「母さんの発案だって言うじゃないか」

「実はそうなの」コリーンは白状した。「これしか作戦はないって気がしたの。ミリアムが誘いかけるのは確実だと思ってね。あの人、妊娠してるわよ」

「話はアラベラから聞いたよ」イーサンはアラベラのほうに情熱的な視線を送りながら、胸に片手をあてて言った。「ぼくたちは結婚するよ。アラベラはまだ決めかねてるらしいけど、段どりだけつけてくれないかな。ともかく式まで運んでしまいたいんだ」

「名案ね」コリーンはうれしそうに笑った。「ああ、アラベラ、こんなうれしいことはないわ。自慢のお嫁さんができるんだもの」

「でも……」アラベラはコリーンとイーサンを見比べながら、異議を唱えようとした。

「そうだとも」イーサンは母の言葉にうなずく。「あす、指輪を買いにいこう。式はメソジスト教会にしたらどうかな。ボーランド牧師に頼めるだろうか」

「ええ、大丈夫よ。披露宴はジェイコブズビル・インでやりましょう。シェルビーに手配してもらうわ。この前のチャリティのファッションショーはとても見事だったもの」

「頼むよ。招待客はどうしようかな」

「困るわ——」アラベラはふたたび異議を唱えようとしてみた。

「そう、きみには無理だな」イーサンは勝手に解釈して、母親のほうをふりかえった。「母さんに任せていいかい？」

「結婚するのはわたしなのよ！」アラベラは叫んだ。「できることはやらせてもらいたいわ！」

「もちろんさ」イーサンはうなずく。「まずはドレスを買いにいくことだ。母さん、ヒューストンで一番いい店に連れていってくれないか。最高級のドレスを頼むよ。平服ですますなんてごめんだからな」

「わかってるわ。純白のドレスね」コリーンはため息をついた。「わたしの目の黒いうちにあなたの幸せな結婚式が見られるなんて思ってもみなかったわ」

アラベラを見るイーサンの目にはやさしさがあふれていた。

「ぼくだってそうさ。こんなことになるとはね」かすれた声で言う。

でも、それはミリアム追いだし作戦のためじゃないの。アラベラはそう叫びたかった。わたしは愛されているわけじゃないのよ。彼のからだに自信をつけてあげたけれど、それが結婚する理由にはならないわ！

思いきって口に出そうとしたとき、イーサンはすでにドアをしめようとしていた。

「念のために、ロックしておくことにするよ」くすくす笑いながら言う。「じゃあ、おやすみ」

「おやすみなさい、イーサン。ひとつだけ言っておき――」と言いかけたときには、もうドアがしまっていた。

「おせっかいしたみたいだけど、しかたがないわよね」コリーンはアラベラと廊下を歩きながら、苦笑して言った。「ミリアムがなにかたくらんでるのは確かなんだもの。あの子がまたひどい目にあうのを黙って見てられないわ」

「でも、夕食のときの彼は違ってたみたい」アラベラは不安を口に出してしまった。

「イーサンは軽薄な男じゃないわ。安心なさい。単なる偽装結婚じゃないってことは保証するわ」コリーンはもっと言いたそうにしたが、肩をすくめ、微笑《ほほえ》みかけた。「もう寝ましょう。おやすみなさい。おめでとう、よかったわね」

「おめでたいかどうか」アラベラはうっかりつぶやいてしまった。「ミリアムがなんて言うかわからないし……」

コリーンはアラベラの頬を軽くたたいた。「わたしはあなたのことも、あの子のこともよくわかってるのよ。これ以上言わなくてもいいわ。それに」意味ありげな笑みが浮かぶ。「さっきの顔つきは、一時の感情にのぼせている男のものじゃないわ。わたしの勘は確かよ。じゃあね！」

どういうことなのだろう。首をかしげながらも、ミリアムと出くわさないようにと祈りながら、アラベラは自分の部屋に向かった。

そのとき、不意にミリアムの部屋のドアが開いた。寝ないで待ち伏せしていたらしい。

まっ赤に泣きはらした目でにらみつけている。

「泥棒猫みたいなまねしないでよ。イーサンはわたしのものよ！　簡単にくれてやったりするもんですか！」

「できるものなら、そうなさったら？」アラベラは悠然として言った。「わたしたち、結婚するのよ。イーサンが言ってたでしょう？」

「彼があなたとなんか結婚するわけないじゃない。彼はわたしを愛してるんだもの！　ずっとそうだったわ。あなたのからだがほしいだけよ」ミリアムはさらに続けた。「確かにあなたは今までにないタイプだけど、すぐあきられちゃうわ。式までこぎつけるなんて無理ね」

「もう式の手はずは整えてるのよ」

「彼には結婚する気なんかないって言ってるじゃないの！」ミリアムはわめいた。「離婚したのは、わたしが出ていったからなんですからね」

「離婚になって当然だわ」内心はおじけづいていたが、アラベラはひるまず言いかえした。

「あなたは彼のプライドを打ちのめしたんですもの」

「そっちはどうだって言うのよ。あなたのおかげでどれだけわたしが不愉快な思いをしたか知らないくせに。この家の連中はいつだって、アラベラがどうした、こうしたって特別扱い。まったく頭にきちゃうわ！　そもそものはじめからあなたが嫌いだった。イーサンがあなたにのぼせてたからよ」ミリアムは泣き声になって言った。「考えてもみなさいよ！　容姿だって経験だって、魅力だってわたしのほうがずっとまさってるのよ。それなのに彼ったら、わたしを抱いてるときにもあなたの名をつぶやいたりするんだから」

ミリアムが壁に寄りかかって、ヒステリックに泣きわめくのを、アラベラは呆然《ぼうぜん》と見つめた。

「な、なんですって……？」

「あなたの身がわりにわたしを抱かないでって言ったら、あの人だめになっちゃったのよ。あなたを自分のものにできなかったのが、しこりになってるんだわ。今だってそうよ。それがかないさえすれば、わたしのところに戻ってくる。そうしたら、わたしに夢中になるわ。彼はわたしを愛してるんだもの。アラベラ、あなたが邪魔してたから思うようにいかなかったのよ！」

ミリアムはばたんとドアをしめて部屋に入ってしまった。アラベラはショックでただ呆然と立ちすくんでいた。

どうやって部屋に戻ったのかわからない。無意識にライトをつけ、ドアをロックしたあとで、ベッドにくずおれた。

あれは事実なのだろうか。わたしのからだを求めるあまり、結婚生活にまで支障をきたしたなんて。男性はひとりの女性を愛しながら、ほかの女のからだを求めることが可能なのだろうか。あまりにも経験不足なアラベラには理解しがたいことだった。

ひとつだけ確かなことがある。イーサンがまだ自分に欲望を感じていることだ。たとえそれが結婚に結びつくほど十分なものでないとしても。はじめはからだを求めるだけの欲望だけかもしれないが、わたしが根気よく導けば、いつかは愛情にかえられるのではないか。容姿はミリアムにかなわないとしても、イーサンは内面の美のほうが大事だと言っていたし……。

愛を交わすことにしたってミリアムとはうまくいかなかったのに、わたしとは大丈夫だった。ミリアムにプライドを傷つけられたために、彼のからだが言うことをきかなくなったにちがいない。だが、夕食のときの、あのやさしさはなんなのだろう。男というものは、ひとりの女では満足していられないものなのだろうか。アラベラの心は休まらなかった。不安を秘めたままようやく眠りに落ちたのは、だいぶたってからのことだった。

あくる朝、目が覚めると、ものごとがうまくいくような気がしてきた。もっと自信を持たなくては。容姿と性格がミリアムみたいになればいいのだ。そうすればイーサンは愛してくれるようになるだろう。このあたりで作戦をかえてみてはどうかしら。

アラベラは淡いグリーンのサンドレスを着てみた。襟は大きく開いていて、ウエストがきゅっとしまり、スカートはたっぷりフレアーがとってある。どちらかと言えばセクシーなドレスだったが、アラベラの目の色とよくマッチしていた。髪はシニョンにまとめ、メイクも濃い目にしあげる。まだ一度もしたことがない大きめの派手なイヤリングもつけてみる。鏡にはセクシーに変身した自分が映っていた。試しに誘うような笑みを浮かべてみる。いいわ、セクシーな女性がイーサンの好みなら、きっと気に入ってくれるだろう。はずむような足どりで階段をおりる。このぶざまなギプスさえなければ、完璧《かんぺき》なのに。でもあと少しのしんぼうだ。これがとれさえすれば、もっと似あうドレスを買いに出かけられる。

食卓にはイーサンとミリアムがもう席についていて、コリーンと家政婦のベティ・アンが朝食の支度をするのに忙しくたち働いていた。

ミリアムとイーサンは話に夢中になっているようすだったが、意外にもイーサンの表情は晴れやかで、ミリアムは彼の言葉にいちいちうなずいている。今朝のミリアムは別人のように見えた。長い髪を三つ編みにうしろにたばね、Tシャツにジーンズ姿でノーメイクだ。なんというかわりようかしら。まるでわたしと入れかわったようではないか。

イーサンがふりかえってアラベラを見たとたん、表情をかたくした。

「おはよう」アラベラはわざとはしゃいで声をかけた。それからかがみこんで、イーサンの鼻にキスする。「よく眠れて？　ミリアム、あなたはいかが？」

ミリアムは生返事をすると、じろりとアラベラをにらみ、コーヒーを口に運んだ。

アラベラはうきうきしながらコーヒーをカップにそそぎ、イーサンに話しかけた。「イーサン、やっぱりきょうヒューストンへ行ってくるわ。おばさまとご一緒に。すてきなドレスを探すつもりよ」

イーサンはコーヒーカップに目を落としていた。過去の一シーンがあざやかによみがえっていた。ミリアムと婚約したとき、ミリアムもきょうのアラベラそっくりのようすではしゃいでいたのだ。ぼくはアラベラを見損なっていたのだろうか。音楽の道に進むのが危うくなっているときに、経済的な心配がなくなったからなのだろうか。それとも、ミリアムとはりあうつもりであんなまねをしているのだろうか……。そんなことがあるわけがない。自分がミリアムのような女を望んでいないことは承知しているはずだ。とにかく、最初の結婚の失敗は二度とくりかえしたくない。それなのに、また同じわなにはまろうとしているように思えてくる。

コリーンが焼きたてのビスケットを持って入ってくるなり、アラベラを見てあっという顔をした。

「アラベラ？　まあ……大変身だわね」

「どうかしら？」アラベラは笑顔で問いかけた。「新しいことに挑戦してみようと思って。

きょうヒューストンに連れていってくださる？」

コリーンはビスケットの皿を置いた。「いいわよ。その気になったのなら……」

「どうぞ、ごゆっくり行ってらっしゃい」ミリアムがしゃがれた声で言った。「わたしはイーサンと一緒にお留守番してるわ」それからイーサンにこびるような笑みを投げかける。

イーサンは黙ったままだった。アラベラのかわりようにまだ気をとられている。

アラベラは食事中ずっと黙りこくっているイーサンに不安を感じはじめた。ミリアムと親しげにしゃべっていたあとで、自分がドレスのことを言いだしたら、急に不機嫌になってしまった。わたしと結婚したくなくなってしまったのだろうか。

突然、イーサンが立ちあがって出ていこうとする。

「待ってよ、イーサン」ミリアムがついていこうとした。「頼みたいことがあるの」

ミリアムは追いついて彼の腕をつかみ、寄りそって出ていってしまった。

「なんだか雲行きがあやしくなったみたい」アラベラは三十分ほどたって、二杯目のコーヒーを飲み終えたあとで胸騒ぎを口に出した。

コリーンがアラベラの手をやさしくたたく。「心配しないの。さあ、出かけましょう。ベティ・アンに言っておくことがあるから待っててね」

コリーンがキッチンに行ったあとで、電話が鳴った。

胸騒ぎのひとつが現実となって現れた。そっけない口調を耳にしたとたん、すぐ父からだとわかる。

「元気かい？」

アラベラは電話のコードを指に巻きつけながら答えた。「ええ、なんとか」ぎこちない口調になるのが自分でもわかる。

「手の具合はどうだね」

「ギプスがとれないとなんとも言えないわ」

「整形外科の専門医に見せるのが肝心だな」父はひと息入れてから言った。

「もう診てもらったわ。元のように弾ける見こみはあるそうよ」

「それはそうと、現金が引きだせないような処置をされて困ってるんだ。ひどいじゃないか。生活できなくなってしまう」

アラベラは唇をかんだ。「わ、わかってるけど、でも……」

「小切手を送ってほしいね。フランクに頼るわけにはいかないんだから。とりあえず五百ドル頼むよ。保険に入っておいたんで助かってるけどね。ギプスがとれて、結果がはっきりしたら、すぐ知らせてくれ」

アラベラはためらった。イーサンと結婚することを告げたいのに、言葉が出てこない。こうまでパパにおびえているとは！　もう一人前の女性になっているのに。これまでの習慣がそうさせるのだろうか。いくじのない自分が悔しかった。

「電話……するわ」

「小切手を忘れんようにな。フランクおじさんの住所は知ってるだろう」

そして電話は切れた。慰めの言葉も励ましの言葉もなかった。アラベラは受話器を見つめながら立ちすくんでいた。そうこうしているうちに、支度をすませたコリーンが現れたので、ふたりはメルセデスベンツに乗りこみ、一路ヒューストンへ向かった。

ヒューストン一のブライダルショップで一時間かかってアラベラが選んだのは、純白のシルクに手編みのレースを縫いつけた、Vネックの上品で個性的なウェディングドレスだった。ドレスに合わせて、長く引きずるぐらいたっぷりの生地をとったベールも買い求める。

楽しいはずのショッピングなのに、気持ちがはずまなかった。ミリアムの変身ぶりと、イーサンの態度が気になってならない。ドレスを選ぶ最中にも、ほんとうに着ることになるのだろうかという不安につきまとわれた。イーサンが心がわりすることだってありうる。無理もない。離婚が成立してわずか三カ月なのだ。ミリアムに未練を感じているのかもしれない。コリーンが最近の彼は気むずかしくて困ると言っていたのを思いだす。ドレスの包みを店員から渡されたときも、まだアラベラの心は晴れなかった。

「サイズがぴったりなんて、あつらえたみたいね」コリーンが笑顔で言った。「直しがいらないっていうのは、幸先《さいさき》がいいわよ」

アラベラは無理に笑みを浮かべた。「そうだといいんですけど」

クレジットカードを店員に渡しながら、コリーンはいぶかしげな顔をしたが、あとの細々した買物をすますまで、なにも問いかけなかった。

ジェイコブズビルに戻る途中の車のなかで、口を開いたのはアラベラのほうだった。

「今朝のイーサンはなぜあんなに冷たかったのかしら？」

「ミリアムがなにかしたんだわ、きっと」コリーンは即座に答えた。「あの人をみくびっちゃだめよ、アラベラ。イーサンが穏やかに接しているのにつけこんでるのよ」

「そうですわね」少し間を置いてから、言いにくそうに切りだす。「今朝の電話はパパからだったんです。小切手を送れと言われて……」アラベラはせきばらいした。「なんといっても、実の父親にはちがいないので……」

「もちろんだわ」

「このドレス、払わせてください」アラベラは唐突に言いだした。「たとえ式がキャンセルされるようなことがあっても、ご負担をかけないですみますもの」

「アラベラ、そんなこと言わないで」コリーンはしかめっ面をしてみせた。「第一これはイーサンが言いだしたことなんですからね。イーサンはあなたにふさわしいドレスを着てほしがってるのよ」

「彼、たぶん気がかわったんだと思うんです。今朝はミリアムととても仲よくしてました」アラベラはみじめな思いで言った。

コリーンはほっと息をついた。「アラベラ、あの子があんな女とよりを戻すことなんて絶対ありえないわよ！」

「ミリアムに言われたんです。わたしが結婚をぶち壊したのも同然だって。イーサンがわたしに未練があったまま結婚したからだって」アラベラの唇がふるえる。

「イーサンがあなたに未練があったのは知ってたわ。あの子はあなたと結婚すべきだったのよ。ミリアムと一緒になったって幸せになれるはずがないんだから。彼女はあなたの身がわりみたいなものだったわ。ミリアムもそれに気づいてしまったのが不幸のはじまりね」

「その未練は愛情とは違うんです」アラベラは膝の上のバッグを握りしめた。「わたしなんか人目を引くほうじゃないから……」

「きょうのあなたは目を見はるほどだったわ」コリーンは慰めるように微笑みかけた。「そのサンドレスはとってもすてきよ。ヘアスタイルだってよく似あってたし。イーサンもびっくりしたんじゃなくて？」

「今朝はミリアムのほうがめだってましたわ。イーサンもうれしそうでしたし」

「結婚しようとしてる男はね、わけがわからないことをするものなの。さあ、もうくよくよするのはおやめなさい。イーサンには分別があるんだし」

ほんとうにそうだろうか。自分がイーサンのためにやってきたことは、四年前以上に大きな間違いのもとをつくることでしかなかったのではないだろうか。

屋敷に戻ると、もっとやっかいな問題が待ちかまえていた。コリーンとアラベラがドレスの入った大きな箱を抱えて家に入ると、ベティ・アンが食事をのせるトレイを持っておりてくるところだった。

「こんな時間にトレイなんか運ぶことでもあったの?」コリーンがけげんな顔つきで家政婦に尋ねる。

ベティ・アンが答える前から、アラベラはなにかあると感じていた。

「イーサンさまが落馬なさったんです。病院へ運ばれてレントゲンをとるときも、あのお方が……」ベティ・アンは階段のほうに顎をしゃくった。「……つきっきりで」

「大丈夫だったの?」コリーンはせきこんで尋ねた。

「軽い脳震盪《のうしんとう》だけだそうです。病院に一泊するようにって言われたのに、イーサンさまがどうしてもお帰りになるってきかなかったんです」家政婦はため息をついた。「あのお方がついて、ずっと二階にこもっておいでなんですが、たいそうご機嫌が悪くて」ベティ・

アンは気づかわしげにアラベラのほうを見た。「ミリアムさまがなんとおっしゃろうと、イーサンさまはあなたに会いたがっていらっしゃいますよ。お帰りが遅いのでお腹だちのようですけど」

アラベラは膝がガくガくしてきた。パパがまた電話してきて小切手を催促したのではないだろうか……。

「ようすを見てきます」アラベラはささやいた。

「一緒に行くわ」コリーンは先に立った。

イーサンは衣服をつけたまま、横になっていた。額に赤黒い斑点《はんてん》ができていて、小さな縫い目のあとがある。かたわらにはひどく神妙な顔をしたミリアムがぴったりと寄りそっていた。

「やっと戻ったか」イーサンはアラベラをにらみつけて言った。「さぞ楽しい買い物だったんだろうね」

「ウェディングドレスを買いにいくのはご存じだったはずよ」アラベラは努めて穏やかに答えた。

「とってもすてきなのが買えたの。デザイナーブランドのとびきりのドレスよ」コリーンが言いそえる。

「わたしのときのと同じお店でなんでしょう?」ミリアムはこびるような視線をイーサン

に投げかけた。「思いだすわね、イーサン」

「あなたとしたことがどうしたっていうの？」コリーンが問いかけた。

「ふり落とされてしまったんだ。よくあることだよ。ルーク・ハーパーから買った野生馬をランディとならそうとしている最中だったんだ」

「脳震盪だけですんでよかったわ」コリーンがつぶやく。

「大騒ぎしてくれたのはミリアムだけさ」イーサンはアラベラとコリーンをにらみつけて、皮肉っぽく言った。

コリーンも息子をにらみかえす。「たいそういいムードだこと。さて、ベティ・アンを手伝ってこなければね。ミリアム、来てくれる？」

「いいえ、ここにいますわ。イーサンをひとりにしておけませんもの」ミリアムはイーサンの手をしっかり握って答えた。

コリーンが出ていってしまったので、アラベラは途方に暮れた。

「パパから連絡があったかしら？」アラベラはおずおずと問いかけた。

「いや、ないね」イーサンがそっけなく答える。「ミリアム、ビールをとってきてくれないか」

ミリアムはいかにも立ち去りがたいようすだったが、イーサンの鋭いまなざしに恐れをなしたらしく、残ったふたりに警戒するような一瞥《いちべつ》を投げたあとで出ていった。

「心配してくれたそうで礼を言うよ」イーサンは冷ややかに言った。「あのままぼくが死んでしまったら、礼を言うこともなかったわけだよな」

アラベラはその場にくずおれそうになった。「どういうこと？」

「せめて、母さんにだけは知らせてくれたっていいじゃないか」イーサンはからだを起こそうとしたが、すぐに顔をしかめ頭を抱えこんでしまった。アラベラが思わずかけ寄る。

「ほっといてくれ！　今ごろになってやさしくなんかされたくないんだ。ミリアムに面倒を見てもらえば十分だからな」

「なにがなんだかさっぱりわからないわ」アラベラもいきりたってきた。

「ここを出るとき、きみに電話があったろう？」イーサンが尋ねる。

「ええ、あったけど、それは……」

「ミリアムがぼくのけがのことを知らせたんじゃないか？　ぼくは母さんに病院まで運転してってもらいたかったんだ。それなのにきみはほうっておいた」イーサンはなじった。

「ひと言も言わずにね。朝、ぼくが機嫌が悪かったからって仕返しでもするつもりだったのかい？　それともゆうべのことをまだ根に持ってるのか。バージンを奪われそうになったのをうらんでるわけか？」

アラベラの頭は混乱していた。脳震盪のあとで、理性を失っているのはわかるが、それにしても、彼がなにを言っているのかさっぱりわからない。

「イーサン、ミリアムは電話なんかしてこなかったわ。わたしはけがのことなんか知らなかったのよ!」

「さっき電話があったって言ったばっかりなのに、今さらごまかすな!」あの電話は父からだったと言おうとするのに、イーサンは聞く耳持たずとばかりにまくしたてる。「ミリアムと離婚なんかしなければよかったんだ。いざというときは、ミリアムのほうが頼りになる。買ってきたドレスは返すんだな。結婚なんかまっぴらだ! いいから出ていってくれ!」

「イーサン!」アラベラは声をふりしぼって言った。言われているような非情な仕打ちができる人間だと本気で思われているのかと考えると、絶望的な気分になってくる。

「きみの面倒を見たのは、ただかわいそうだと思ったからさ。確かにバージンには魅力があったが、欲得ずくの結婚なんかお断りだ。もしかしたらと思ってたが、やっぱりきみは経済的な安定がほしかったんだな。それもお父さんのさし金なんだろう!」アラベラがもう一度弁解しようと口を開く前に、イーサンは半身を起こしてどなり声をあげた。「出ていけって言っただろう! もう二度と会いたくない!」

「わたしが欲得ずくで結婚すると本気で思ってるなら、こちらこそお断りだわ」アラベラは悲しみと怒りとでがたがたふるえながら言った。「あなたの本心がわかってよかったわ。あなたのわたしに対する気持ちはただの同情と欲望だけだったのね」

銀色の火花がちるように目が光る。「それはこっちが言いたいせりふだ。結局はミリアムと同類だったんだからな。見かけまでミリアムみたいになったじゃないか！」

そうだったのか。気づいたのが遅すぎた。財産めあての結婚でひどい目にあった彼は、わたしが突然変身してはしゃいでドレスを買いにでかけたようすに、とんでもない勘違いをしたのだろう。

「誤解だわ」アラベラは説明しようとした。

「誤解なんかじゃない」

イーサンはかっとなっている自分のどこかに〝おまえは間違っている〟とさとす声があるのを意識してはいたが、一度燃えあがった怒りを抑えることはできなかった。

「出ていってくれ！」

アラベラは部屋を飛びだした。涙が目にあふれ、視界がぼんやりして、危うくミリアムとぶつかりそうになる。

「おめでとう。良心に恥じないって言うなら、望みどおりになって、せいぜい喜べばいいわ」アラベラは黙っていられず、ミリアムをなじった。

ミリアムも虚勢をはって言いかえす。「やっぱり彼はわたしのものなのよ」

「イーサンはだれのものでもないわ」アラベラは涙をふきながら言った。「でも、わたしはあなたと違って、彼を愛してる。あなたが愛してるのは彼の財産だわ。結婚する前にあなたがそう言ったのを聞いてるのよ。彼の心をつかめなくて、プライドを傷つけられたんでしょう。それで汚い手を使ってよりを戻そうとしてるんじゃないの。彼を愛してなんかいないくせに。隠してもわかってるのよ。あなたが妊娠してるのは！」

ミリアムは蒼白《そうはく》になった。

「なんですって？」

「だれだか知らない人の子供がおなかにいるのに、イーサンとよりを戻そうって言うの？　彼をめちゃめちゃにしたくせに、まだ足りないって言うの？」

「だって、ひとりじゃ暮らしていけないもの！」ミリアムは叫んだ。

「じゃあ、おなかの子供の父親と一緒になればいいじゃない」

ミリアムは自分のからだを抱きかかえるようにした。「わたしの子供のことで指図は受けないわ。イーサンのことにしたってそうよ。そもそも、彼があなたを愛してるなら、あなたの言うことを信じるはずじゃない」

アラベラは静かにうなずいた。「ええ、わかってるわ」苦しさが声ににじんだ。「だからこそ、出ていくことにしたの。彼が思っていてくれるって確信があったら、あなたと必死で戦う気力も出るけど。でも彼があなたを求めているのなら、身を引くしかないわよね」と言って、苦笑する。「四年前のあのときもそうだったわ。イーサンはまたとんでもない幸せをつかむはめになるのね」

「前のときとは違うわ」

「違うのは見かけだけよ。だって、あなたは彼を愛してないじゃない。とんでもないことになるわ、きっと」

アラベラは打ちのめされたような気分で自分の部屋に戻った。過去はくりかえされるのだろうか。

ベッドの上にウェディングドレスの箱がのせてあった。アラベラは箱をどけて、ベッドにつっぷし、思いきり泣いた。ミリアムの作戦に引っかかったのが悔しかったのではない。イーサンが自分の潔白を信じなかったことがショックだったのだ。信用しないということは、愛していないということになる。自分を求める激しい欲望を愛にかえられると思っていたなんて、おろかな幻想だった……。

アラベラは頭痛を口実にして、夕食もとらず、自分の部屋にこもってしまった。ミリアムの悦に入った顔も見たくなかったし、イーサンとこれ以上言いあいをする気にもなれなかった。過去の苦い経験から、彼が一度言いだしたらあとに引かないのを承知していたからだ。あすの朝、出ていくことにしよう。今ならまだ少々のお金は残っているし、クレジットカードも使える。ホテルに泊まってなんとかやっていけるだろう。

涙で目がまっ赤になっている。ミリアムの嘘《うそ》つき！　それにしても、しかけられたわなにまんまとはまってしまったなんて……。あのふたりはまたよりを戻すことになるのだろう。ひょっとしたら似たもの同士なのかもしれない。

イーサンはわたしに対して欲望とあわれみしか持っていなかったと言った。ミリアム追いだし作戦なんてはじめから口実だったのかもしれない……。不能だったというのも嘘だったのだろうか。もう彼の言葉なんか絶対に信じるのはやめよう。ミリアムが好きなら勝手にすればいいのだ。

アラベラはネグリジェに着がえ、明かりを消して横になると、気持ちが高ぶっているにもかかわらず、すぐ眠ってしまった。


イーサンにつきそっていたミリアムが自分の部屋に戻ってしまったあとで、コリーンはようやく五分ほど、息子とふたりきりになることができた。

「なにかほしいものがあって、イーサン？」コリーンは問いかけた。「わたしたち、夕食らしい夕食もとってないのよ。アラベラが頭痛がすると言って寝てしまったものだから」

「そりゃさぞおなかがすいてることだろうな」イーサンは皮肉っぽく言った。

コリーンは怖い顔をしてつめ寄った。「なんで仏頂面してるの？　わけを言いなさい」

「母さんとアラベラがヒューストンに出かける前に、ミリアムがぼくのけがのことで電話したはずなんだ。病院まで乗せてってもらおうと思ったんでね。それなのにアラベラは、母さんに話しさえしなかった。買い物に浮かれてぼくのけがのことなんかどうでもよかったんだろう」

コリーンはぽかんと口をあけた。「なに言ってんの。確かに電話はあったけど、アラベラのお父さまからだったのよ」

「彼女が嘘をついてるのさ」イーサンは引きつった笑い声をあげた。「母さんは電話に出たわけじゃないだろう？　ベティ・アンだってそうだろう？」

コリーンはベッドのそばに来て、真顔でイーサンをにらみつけた。

「あなた、まさかアラベラにつらくあたったんじゃないでしょうね。今度こそミリアムの本性を見ぬいてほしいと思ってたのに。ああいう上べだけのに弱いのね、あなたは。似たもの同士みたいなもんよ。純粋な愛が見えなくなってるんだから」

イーサンは眉をひそめた。

「なにを言ってるんだ？」

「いいこと。わたしはアラベラが嘘をついてるかどうか、証拠がほしいなんて思わないわ。あの人は動物だって、けがをしてたら見捨てるような人じゃないからよ。ましてや人間ならなおさらじゃない。わたしはアラベラを信じてるわ。彼女をよく知ってるし、大好きだからよ」コリーンは息子をじっと見すえて言った。「愛と信頼とはコインの裏と表のようなものよ、イーサン。アラベラがそんな非情な人間だって思えるなら、結婚はあきらめて、ミリアムの指輪を鼻づらにでもはめるのね。今わかったわよ。別れた夫婦はどっちもどっちだったんだって」

コリーンが音をたててしめたドアに向かって、イーサンはコップを力任せに投げつけた。自分がどうかしているのはわかっていたが、母に言われたことが悔しかった。ミリアムはなんだって、嘘をついたんだろう。調べればすぐばれてしまうのに。電話局で調べれば、どこにかけたか一目瞭然《りょうぜん》なのに。

それはともかく、ミリアムがかわったことは事実だ。とても穏やかでやさしくなった。一緒にいてむしろ楽しいと思ったぐらいだ。彼女と恋愛中のカリブの相手のことがはっきりしたので、一緒になれるように力になってやると約束したばかりだった。だから、アラベラと自分の仲を引き裂くようなことをするはずがないのだが。

それとも、すべてはミリアムが自分とよりを戻すための策略だったのだろうか。アラベラにぬれぎぬを着せてしまったのか？ まさか……もしそうだとすると、ぼくはとりかえしのつかないことをしたことになる。イーサンはうめいた。アラベラのいでたちとはしゃぎようが気になっていたので、自分のけがをほうっておいてヒューストンに行ってしまったとミリアムが言ったとき、ショックを受けたのだ。

頭がもうろうとして、思考が定まらなくなっている。ぼくはアラベラを愛している。愛しているからこそ、ぼくを見捨てたと思ってかっとなってしまったのだ。ミリアムがあまりにもまともになったので、まさか嘘を言っているとは思えなかった。ほんとうに母さんの言うとおりなのか。それともずきずきする頭の痛みで思考がおかしくなってしまったのだろうか。

イーサンは横になって目を閉じた。これ以上考えるのはやめよう……というより考えられそうもない。朝まで待とう。今よりは明確な判断ができるかもしれない。それからだ、先のことを考えるのは。アラベラをとり戻す方法を考えるのは。

9

あくる朝、アラベラは人の声で目が覚めた。起きあがると、ブルーのネグリジェはねじれたようにからみつき、長いブラウンの髪は肩のまわりにはりついている。ノックの音と同時にドアが開き、メアリーがかけこんできた。

「ただいま！」おみやげが入った紙袋をどさっとベッドに置くなり、アラベラに抱きつく。日に焼けたメアリーはさわやかでまぶしいほどだった。「みんな、あなたのよ。Tシャツに貝殻に、ネックレスとスカート、それと絵葉書も入ってるわ。わたしがいなくて寂しかった？」

「ええ、メアリー、会いたかったわ」アラベラは大きく息をついて抱きかえした。メアリーはやっぱりただひとりの親友だ。「いろんなことがあったの」

「イーサンと結婚するんですって？」メアリーがまじまじと見つめる。

アラベラは目を伏せた。「ううん、ミリアムにそう思わせただけなの。式はとりやめよ」

「でも、ドレスがあるじゃない！」メアリーは椅子の上の箱に目をやった。

「きょう返品するの」アラベラはきっぱりと言った。「ゆうべイーサンに愛想づかしされたのよ。彼、ミリアムとよりを戻したいんですって」

メアリーはじっと座ったままだ。「よりを戻すって？」

「やっぱり彼、ミリアムがいいらしいわ」アラベラは感情を見せずに言った。「彼女はかわったみたいなの。このところとても意気投合してるようよ」自分で話しながら、変だと思った。このところイーサンと意気投合していたのは自分だったはずなのに。アラベラの心は沈んだ。「だから失礼しようと思って」ゆうべの決心をかえるつもりはなかった。「戻ったばかりのあなたにこんなお願いするの悪いんだけど、ジェイコブズビルの町まで車に乗せてってもらえない？」

メアリーは〝だめ〟と言いそうになったが、アラベラの目はどんなになだめてみても聞きそうには見えなかった。よほど傷ついているにちがいない。

「いいわ」メアリーは笑顔をつくって言った。「お安いご用よ。このこと、イーサンは知ってるの？」

「いいえ、まだよ。知らせなくてもいいわ。事故で休んでいるから」自分がイーサンのようすを気にしていることを感づかせてはならない。「ミリアムがついているし、彼もそれを望んでいるの。彼、自分でそう言ったのよ」

メアリーはふたりのあいだに誤解があるのではないかと思ったが、黙っていた。「わかったわ。それで、出ていくことはほかの人にも内緒にするの？」

「ええ、お願い」

「わかったわ。支度ができたら下に来てね」

「ええ。悪いけど……これ運んでくださる？」アラベラはドレスの箱を身ぶりで示した。

メアリーは箱を持ちあげながら、イーサンの心ない仕打ちに腹がたってきた。ドレスを買ったあとで、こんななりゆきになるなんて。アラベラをもっといたわってあげるべきなのに。

「じゃあ、あとでね」アラベラはドアをしめようとするメアリーに言った。

アラベラは着がえにかかった。ブラジャーはつけずにスーツを着て、きちんとボタンをとめる。それからけがをしていないほうの手で荷づくりをし、スカーフを首からかけてギプスをはめた手をつった。動きがとりにくいがしかたがない。スーツケースを手に、鏡の前に立つと、青白い顔が映っていた。そして幸せと不幸せの両方を味わった部屋に最後の別れを告げる。

そのころ、イーサンはミリアムを長いことかかって問いつめていた。

「わたしがいけなかったの」ミリアムは泣き声で言った。「あなたがあんまりかわったので、離婚する前にこんなだったらって思って、悔しくなったの。あのころからアラベラにかなわなかったので、腹いせに浮気してたのよ」ミリアムははじめて本心を打ちあけ、許しを請うようにイーサンを見あげた。「アラベラと結婚してね。騒ぎを起こしてごめんなさい。嘘《うそ》をついてほんとに悪かったわ」

イーサンはまともに息もつけないほど、ショックを受けていた。昨夜アラベラに投げた暴言の数々が頭をよぎる。かっとなったあまり頭がどうかしてしまったのだろうか。

「結婚はやめたんだ」イーサンはぼそっと言って、沈みこんだ。

「アラベラは許してくれるわよ」ミリアムは悲しみを抑えて言った。「あなたと同じ気持ちでいるに決まってるわ」手をのばしてイーサンの顔にふれようとする。「わたしがジャレッドを愛していることは話したわよね。彼が子供をほしがってないと思って、別れたんだけど、もしかしたら早合点じゃなかったのかって気がしてるの。ゆうべは眠れなかったわ。きょう電話して彼の気持ちを聞いてみようと思ってるの」

「きっと彼も子供をほしがってるさ」イーサンはそう言うと、微笑《ほほえ》みかけた。「ぼくたちが穏やかに別れられてよかったよ」

「そう言われるとつらいわ。わたしってほんとにいやな女だったから」

「きみはかわったさ」イーサンが慰めるように言う。

「じゃあ電話してくるわ。ありがとう、イーサン。あんなことをしたのに力になってくれて、ほんとうに感謝してるわ」ミリアムはかがみこんで、そっとキスする。

イーサンも別れのあいさつのつもりでミリアムにキスを返した。

まさにその場面を、ちょうど通りがかったアラベラがドアのすきまから、かいま見てしまった。顔から血が引いていくのがわかる。やっぱりそうだったのか。ふたりは和解し、もう一度やり直すことにしたのだ。ミリアムの勝ちだ。

アラベラは足音をしのばせて、その場をはなれた。

階段の途中でコリーンとぶつかりそうになる。

「イーサンのようすを見にいこうと……」コリーンはアラベラのスーツケースを見て、はっと息をのんだ。

「メアリーに乗せていってもらうんです」アラベラはふるえる声を抑えながら言った。「イーサンは今おとりこみの最中みたい。ミリアムとふたりきりですから」

「まったく、どういうことになっちゃったの！」コリーンは息をはずませて言った。「あの子、わたしの言ったことがわからなかったのかしら」

「イーサンはミリアムを愛してるんですよ、おばさま。やっぱりあきらめきれなかったんだわ。それがゆうべわかったんです。今こっそり出ていったほうが、彼を困らせないですみますもの」

「ああ、アラベラ」コリーンはアラベラを抱いて言った。「気が向いたらいつでも来てちょうだいね。寂しくなるわ」

「わたしもです。メアリーがドレスを返品してくれるって言ってますけど……ミリアムが利用するかもしれませんわよね。ちょっと直せば着れそうですから」

「ドレスのことはわたしに任せて」コリーンが言う。「でも、あなたはこれからどうするの？　どこへ行くつもり？」

「しばらくはモーテルに泊まりますわ。落ちついたら、パパに電話するつもりです。ご心配なく、お金はありますから。イーサンが手配してくれて助かりました。自分だけならなんとかなります。ほんとうにお世話になりました。このご恩は決して忘れません」

「あなたのことをいつも思ってる人間がいることを忘れないでね。手紙を書くのよ」

「ええ、必ず」嘘を笑いでごまかす。

アラベラはメアリーのあとについて車のそばまで来ると、とまどった表情のマットとベティ・アンに別れを告げた。車が道路に出るまで、アラベラはうしろをふりかえろうとしなかった。

ミリアムが顔をあげ、イーサンに微笑みかけたのは、アラベラがドアからはなれたすぐあとだった。

「よかったわ。こういうお別れのキスができて。下でお母さまとアラベラにわたしから説明しましょうか。もっとも言い終わるまで無事でいられるかどうかわからないけど」

「その危険はぼくにも迫っている」イーサンは苦笑して言った。「だが、いいよ。ぼくがうまくやるから。それにきみはカリブに電話しなきゃ」

ー の声が聞こえる。きっとここにやってくるだろう。そうしたらアラベラを連れてきても

「ありがとう、そうするわ」

イーサンはミリアムが出ていくのを待って、枕《まくら》に頭をもたせかけた。マットとメアリーの声が聞こえる。きっとここにやってくるだろう。そうしたらアラベラを連れてきてもらって、早いうちに釈明しよう。

車のドアが二度しまったあとでエンジンがスタートする音がした。イーサンは眉を寄せた。メアリーとマットがまた出かけるはずはないが……。

数分たって、コリーンが血相をかえてイーサンの部屋に入ってきた。

「思いどおりになって満足ってわけ？　彼女は出ていったわよ」

イーサンはいやな予感を覚えながら、からだを起こした。

「だれが、出ていったって？」

「アラベラに決まってるじゃない。式をやめるって言ったんですって？　ドレスはミリアムのために置いていくそうよ。再婚のお祝いを言ってほしいって頼まれたわ」

「ああ、なんてことだ！」イーサンは興奮して立ちあがろうとしたが、めまいにおそわれ、頭を抱えこんでしまった。「ミリアムとなんか結婚するもんか！　なんだってアラベラはそんな勘違いをしたんだ！」

「あなたのせいに決まってるじゃないの。ゆうべ彼女にひどいこと言ったんでしょう。それにアラベラはあなたたちが一緒にいるところを見たんじゃないの？　邪魔しないほうが

いいって、わたしに言ってたから」

ミリアムとの別れのキスのことだろうか。アラベラの目にどう映ったかを想像して、イーサンは思わずうめいた。「まったく、なんでこうついてないんだ。自分をのろいたくなるよ。アラベラはどこへ行ったんだ？」

「モーテルに泊まるって言ってたわ。メアリーには知らせるんじゃないかしら」

イーサンはきっと顔をあげた。「お父さんに電話するんだろうな。そうなるとまたさらっていかれてしまう」

「そういうなりゆきにしたのは、いったいだれなの、イーサン？」

「脳震盪《のうしんとう》のあとで、頭が混乱してたんだ」イーサンはいらだたしげに言った。

「それにしても、なぜアラベラはミリアムにドレスを譲るなんて気を起こしたのかしら？」

「ぼくたちはキスしてたんだ」イーサンはあわてて言いそえた。「ミリアムはおなかの子供の父親と一緒になることにしたんだ。カリブ人のね。だからさよならのキスだったんだよ」

「ばかね。四年前に早まった結婚をして、あなたもアラベラも不幸になったっていうのに、二度目のチャンスまで無駄にするなんて。どうして彼女に正直な気持ちを打ちあけなかったのよ！」

イーサンは目をそむけた。「彼女には音楽がある。ずっとそうだった。それに、ここに来たのは静養が必要だったからだ。はじめにぼくが結婚したいということをほのめかしたとき、彼女は気が進まないようなようすを見せたんだ。それでぼくは、またピアノが弾けるようになってもぼくに縛られるんじゃないかと不安になってると思ったのさ」

「彼女のほうではあなたがミリアムをとり戻すために自分を利用したんだと思ってしまったようね。アラベラは言ってたわ。あなたがほんとに愛してるのはミリアムだって」

イーサンは深くため息をついて、ベッドに倒れた。「元気になったら、会いにいくよ」

「無駄じゃない？　アラベラはもう戻らないわ。二度も気持ちをずたずたにされたのよ。もうこりごりでしょう」

イーサンは目を丸くした。「どういうことだい、気持ちをずたずたにしたって言うのは？」

「イーサン、アラベラはずっと前からあなたのことをただもう一途《いちず》に愛してたのよ。ミリアムが財産めあてだと気づいてあなたに知らせようとしたのに、おせっかいだって罵倒《ばとう》されて逃げだしたんだわ。アラベラがジャンやメアリーを尋ねてくるときは決まってあなたが留守の日だったのを知ってて？」

「いや……そんなことを考える暇がないくらい忙しくしてたからな。ぼくもつらかったんだ。結婚したすぐあとで、ミリアムとの離婚がごたついて……」イーサンは肩を落とした。

「アラベラと顔を合わせて、平静でいられる自信がなかったんだよ。だけど、どうして彼女がぼくのことを思い続けてたってわかったんだい？」

「どうしてもこうしてもないわよ」コリーンはいきおいこんで言った。「アラベラはあなたのかわりに音楽を選んだのよ。あなたが彼女のかわりにミリアムを選んだようにね。ふたりともおばかさんね。とんでもないまわり道をして」

そうか、アラベラの愛はほんものだったのだ……。イーサンはあおむけに寝て目を閉じた。もしあのとき、自分の気持ちに逆らわずに彼女と結婚していたなら、今ごろ子供が生まれていただろう。アラベラは毎夜、自分の腕のなかで眠っただろうに。ああ、それなのに二度までも彼女の気持ちをずたずたにしてしまったとは。もうとりかえしがつくまい。母が出ていく気配がしたが、イーサンは目を閉じたままでいた。

アラベラはジェイコブズビルの繁華街にあるモーテルに部屋をとった。スペイン風のつくりが気に入って選んだのだが、ハーダマン家の部屋とは比べものにならないほど殺風景な室内がかえってつらい記憶をよみがえらせてしまう。

メアリーは自分もここに泊まると言いはったが、アラベラは断った。ひとりになって冷静に考えてみたかったのだ。スーツケースの中身を出してから、受話器をとり、ダラスにいる父の番号を押した。あと九日後にギプスがとれる。父にここへ来てもらって、それからヒューストンに戻ることになるだろう。父とまた一緒に暮らすことが、今はそれほどいやでないのが不思議だった。

　時のたつのが遅く感じられる。メアリーが訪ねてくれても、アラベラはハーダマン家のようすを聞きたくなかった。ましてやイーサンがどうしているか聞かされるのはつらかった。メアリーのほうからしゃべってしまったので、イーサンがもうミリアムが嘘をついたことを知っていることだけはわかってしまった。それなのに、彼は電話もことづても、葉書もくれようとはしない。一度口に出したことを謝ったりする男ではないのはわかっていた。ミリアムがまだ滞在しているから、なおさらだろう。もう、イーサンとのことはほんとうに終わりなのだろうか。

　一方イーサンは、自分で招いた悲劇を見つめ直そうとしていた。どう弁解しようとも、今のアラベラは耳を貸そうとしないだろう。無理もない。自分はひどいことばかりをしゃべりすぎたのだから。こうなったら、決着をつける前に、四、五日の冷却期間を置いたほうがいいかもしれない。

　ミリアムはおなかの子供の父親であるカリブの農園主と無事に和解することができ、彼が迎えにくるのを待つばかりになっていた。幸せをつかんだせいか、ミリアムはイーサンのよき話し相手になるときもあった。ミリアムはつらい過去を秘めていたことを話した。少女時代に、家に出入りしていた男性にひどいことをされて以来、男性全体をゆがんだ目で見るようになってしまったという。カリブの農園主と恋に落ち、妊娠してはじめて、少女時代の記憶がイーサンとの結婚生活に影響を及ぼしていたことを素直に認められるようになったらしい。

ミリアムと早まった結婚さえしなければ、すべてがうまくいっただろうに。ミリアムにも、アラベラにも、自分にさえも間違った人生を歩ませる結果をつくってしまった。ああ、自分の感情に素直になって、なにが起きようとも立ちむかう覚悟を決めてさえいれば……。

母からアラベラの愛がほんものだったと聞かされたとき、イーサンは胸がはずむほどの喜びを感じた。だが、自分への愛はもう憎しみにかわってしまっただろうか。この数日、三回もジェイコブズビルに行こうとしては、思いとどまった。アラベラにも、自分にもうしばらく時間が必要だ。

階段をおりようとして、あがってくるメアリーに気づき、イーサンは無理に笑顔をつくって呼びとめた。

「アラベラは元気かい？」メアリーが会っているのはわかっているので、さりげなく問いかける。

「寂しそうだわ」メアリーは穏やかに答えた。「火曜にギプスがとれるの」

「そうだったね」イーサンは目をそらして言った。「お父さんは来てるのかい？」

「火曜に見えるらしいわ」メアリーは言おうかどうしようかと迷ったが、思いきって言った。「彼女、お兄さまのこと、話したがらないのよ。なんだかふさぎこんでるみたい」

イーサンの銀色の目がきらりと光る。「家から出ていけとは言わなかったのに」彼は弁解するような口調で言った。

「ミリアムと再婚することがわかってて、いるわけにはいかないでしょう」メアリーにしては珍しく強い調子で言うと、イーサンの返事も聞かないうちに立ち去ってしまった。

なんだって、だれもがミリアムとよりを戻すと思ってしまったのか。イーサンは腹だたしい思いで階段をおりていった。それもこれも家族に本心を明かさなかったからだ。ミリアムの相手が来れば、すべてがはっきりする。今はアラベラのことを心配するのはやめよう。想像するだけで、頭がどうにかなってしまいそうだ。

メアリーとマットはアラベラが出ていって以来、ミリアムを努めて無視するようになったし、コリーンは今まで以上に冷ややかに接するようになった。イーサンが家族とのあいだをとりもとうとすればするほど、ミリアムとの仲を誤解させる結果になった。

ミリアムの相手とアラベラの父はちょうど同じころ町に着いた。カリブ人のジャレッドがハーダマン家の人々に紹介されていたころ、アラベラのギプスがはずされ、医師が回復状態を明らかにした。ほとんどもとどおりだと言われて、アラベラの父は目を輝かせたが、まだその続きがあった。

「ほとんどもとどおりですが完全ではありません」ワーグナー医師は言った。「つまり、またピアノが弾けるようにはなりますが、残念ながら、ピアニストに復帰するのは無理だということです。腱《けん》が一度切れてしまうと、つながっても以前と比べて短くなってしまうからなんです。まことに残念ですが」

アラベラは楽観しすぎていたため、ショックも大きく、泣き崩れてしまった。

父はぎこちないやり方で娘を抱きかかえて、慰めるように背中をさする。

その晩、父はアラベラを夕食に連れだした。彼女はスパンコールを散らした黒のカクテルドレスに着がえ、髪をうしろにまとめていた。見たところは美しかったが、ギプスに隠れていた手首が妙に白っぽくなっているうえに、くっきりと傷跡が浮きでている。アラベラはその手を膝に置いたまま、暗い店内でだれにも気づかれないことを願った。

「これからどうすればいいの？」アラベラは沈んだ声で問いかけた。

父はため息をついた。「そうだな、当座はアルバムの印税収入でなんとかやっていける。出たばかりのと、古いものでよく売れているのがあるからね」彼はあらためて娘の顔をまじまじと見た。「わたしは父親らしいことをなにもしてやってなかったね。事故のあともほうっておいて……。おまえは音楽の道が絶たれそうになったせいだと思ったんじゃないか？」

「ええ」アラベラはうなずいた。

「あの事故でママが死んだときのことを思いだしたんだよ」父が言う。

これまで一度もふれたことのない話題だったので、アラベラは父が胸のなかにあるなにかを打ちあけようとしているのを感じた。

「アラベラ、ママはね、わたしがパーティで一杯だけよけいに飲んだために死んだんだ。ハンドルを握ってみて、反応がいつもより鈍っているのがわかっていた。ああ、それなのにわたしは罪には問われなかった……」父は娘の表情を見ながら、うつろな笑いをもらした。「法にふれるほど飲んではいなかったからだ。それでも警察もわたしも気づいていた。つっこんできた車を避けようとすれば避けられたってことをね。ママは即死だったよ。それからわたしはずっと罪悪感にさいなまれ続けた」父はグラスの表面をなぞりながら、椅子に背をもたせかけた。「それなのに、やましさをだれにももらさず、おまえを育てることに専念したんだ。おまえの才能を生かして音楽の道に進ませることを自分の使命だと思ってね」父はふたたび娘の顔をまじまじと見た。「だが、おまえは音楽の道に進みたくなかったんだね。おまえはイーサン・ハーダマンを求めていた」

「でも彼はミリアムを選んだわ。結局はどうにもならなかったのよ。それに今度も」アラベラは父の目を見ないようにしてつけ加えた。「ミリアムが戻ってきて、仲直りしたようだわ」

「残念だったね」父は娘をじっと見つめた。「とにかく、あの事故が過去を引き戻してしまったんだ。ママの死んだときのことや、そのあとの生活の苦労や、罪悪感につきまとわれたことがよみがえってしまった。おまえにつきそってやらなければならないとわかっていながら、顔を合わすのがつらかったんだ。まるで過去がくりかえされるような気がして……」

父が声をつまらせるのを目のあたりにして、アラベラは呆然《ぼうぜん》とした。パパもほかの人間とおなじように不安や挫折《ざせつ》を経験していたなんて……。

「ママがどんなふうな死に方をしたか覚えてないわ」言葉を選びながら、アラベラは答えた。「それに、あの事故がパパのせいだなんて思いもしなかったわ。防ぎようがなかったんですもの」父が苦しそうな目をあげたので、アラベラは語気を強めて言いそえた。「パパを責めてなんかいるものですか」

父は下唇をかんで、目をそらした。「わたしは自分を責めたよ。そして頼れるのはイーサンしかいないと思って電話したんだ。もしかしたら、おまえがとりにがした幸せをつかめるチャンスになるかもしれないと、ふと思ったよ。おまえがけがした姿を見たら、イーサンも自分の気持ちに正直になるかもしれないと思ったのさ」

「ありがとう、パパ」アラベラはやさしく言った。「でもイーサンは前の奥さんを選んだの。そのほうがよかったのかもしれないわ。ずっと前はただあこがれてただけだけど、今のわたしはもう大人なんだし……」

「それなのにまだ彼を愛している」父は娘の言葉を引きとると、首をふった。「わたしの努力はすべてあだになったようだな。アラベラ、これからどうしたいのか聞かせておくれ」

父に意見を求められるなんてはじめてのことだったので、アラベラはびっくりしてしまった。でも、こういうパパのほうが好きだ。自分をはじめて一人前に扱ってくれるようになった父と、以前とは違った親子関係が築けそうな気がする。

「まず、ジェイコブズビルから出たいわ」アラベラはきっぱりと言った。「できるだけ早く」

「じゃあ、まずヒューストンへ行って落ちつき先を探すことにするか。それから、わたし自身がどんな仕事ができるか考えてみるよ」父はアラベラが異議を唱えようとするのを制して続けた。「これまであまりにも過去にとらわれすぎていた。おまえの人生はおまえが決めるべきだ。危うく前と同じような事故を起こしかけて、やっとそれに気づいたとはなんとも情けない話だよ」

アラベラは父の手のなかに自分の手を滑りこませた。

「パパにはほんとうにお世話になったわ。感謝してるのよ」

「ミリアムのことは、確かなのかね?」父は眉を寄せて問いかけた。「イーサンがほんとにそんな選択をしたなんて信じられんよ。おまえが事故でけがをしたと知らせたときの、とり乱しようは普通じゃなかったからね」

「確かだわ」アラベラはきっぱりと言った。

「そうか。じゃあ、そのことは終わりだ。おまえの手のことはくよくよするなよ。最悪の場合だって、教えることはできるのだから。自分の生徒を有名にするというのも、すごい満足感を味わえるものなんだし」

アラベラは微笑みかえした。「食べてはいけるわね」

心の底ではほっとしていた。ピアノを弾くのは好きだが、コンサートツアーはしたくなかったからだ。それができなくなることは、さして残念なことではなかった。

父は翌朝早く、レンタカーでヒューストンに向かった。アラベラは昼近くまで寝ていたが、昼食はレストランでとることにしようと決め、早めに出かけた。

シーフードがおいしかったのを思いだし、オーダーしてから、椅子に背をもたせかける。自分の人生の大転換が信じられないほどだ。今は医師の宣告も、冷静に受けとめることができそうだった。父の態度の変化に助けられていることはもちろんだが。

不意に影がさしたので、ウエイターだろうと思って、アラベラは笑顔を向けようとした。だが、ウエイターではなかった。立っていたのはイーサン・ハーダマンだった。

10

アラベラはとっさに無表情を装った。イーサンを目の前にしただけで、心臓が早鐘のように打ちはじめるのを隠そうと必死になる。

「しばらくね、イーサン。ミリアムもご一緒なの？」アラベラは素早く背後に目を走らせた。

イーサンは帽子を座席に置き、向かいあって腰かける。

「結婚することになったんだ」

「ええ、わかってるわ」アラベラは答えた。

そうか、メアリーから聞いたんだな、とイーサンは思った。毎日のように会っているなら、耳に入るだろう。

イーサンは置いてあったナイフをいじりながら言った。「もっと早く来たかったんだが、きみのために、少しあいだを置いたほうがいいかと思ってね。手のほうはどうだったんだい？」

アラベラは懸命に感情を見せまいとした。意地でもピアニストとしてはもうやっていけないことを知らせたくはない。ましてや、結婚しようとしている彼を、祝福こそすれ、邪魔するようなことなどしてはならないと思った。

「大丈夫だったわ。少し治療が残ってるけど、それがすんだら、ヒューストンに戻って、そのあとでニューヨークに帰るの」

イーサンは心ならずも、渋い顔を見せてしまった。あのけがの状態からして、おそらく完全な回復は無理だろうと推測していたからだ。もっとも近ごろは整形の技術が進んでいるから、なにか新療法が使われたのかもしれないが。

今さら本心を打ちあけるのはプライドが許さなかった。もっと早く気持ちを伝えておけば、すべては違ったものになっていたものを。自分の人生にぽっくりと大穴があいたような気がした。それもこれもタイミングを逸したからだ。

イーサンはテーブル越しにじっとアラベラを見つめた。

「思いどおりになったわけだね」

「ええ。あなたもでしょう」アラベラは無理に笑顔になった。「ミリアムとお幸せに。わたし、本気で言ってるのよ、イーサン」

イーサンがぎょっとしてアラベラを見かえしたとき、ウエイターがオーダーをとりにきた。イーサンはメニューも見ずにステーキとサラダとコーヒーを注文して、ぐったりと椅子にもたれる。

「アラベラ、ぼくは結婚なんかしないよ」

アラベラは目をしばたたかせた。「でもさっきそう言ったじゃない」

「ミリアムが結婚するって言ったんだ」

「どういうことなの?」

イーサンは大きく息をついた。「彼女はカリブで知りあった男と結婚するんだ。おなかの子の父親だよ」

「まあ」アラベラはコップをもてあそんでいるイーサンに目をやった。目が落ちくぼんで、やつれたように見える。「残念だったわね、イーサン」彼女はやさしく言って、おずおずと彼の手にふれた。

とたんに、イーサンのからだを激情がつきぬけた。思わずアラベラの手をつかみ、目を見すえる。会いたかった。彼女のいない屋敷がどんなに寂しく思えたかしれない。

「ぼくを慰めてくれる気はないかな?」イーサンは冗談めかして問いかけた。「ミリアムのフィアンセが四、五日滞在するんだ。対抗上、ひとりでいたくないんだよ。彼らが出ていくまでつきあってくれないか」

アラベラは目を閉じてこたえた。「だめよ」

「いいじゃないか。ほんの四、五日なんだよ。きみはもとの部屋にいればいい。母さんもメアリーも喜ぶよ」

思わず〝ええ〟と言ってしまいそうになった。でもここでくじけてはならない。

「無理だわ、イーサン」

イーサンは指に力をこめた。「ぼくが悪かったんだ。あんなことを言うつもりはなかった。あのときは頭がどうかしてたんだ。ミリアムの言うことをうのみにしてしまうなんて」

「もっとよくわかってくれてると思ってたわ。愛するってことは信頼することだもの」

アラベラの言葉が胸につきささった。返す言葉もない。過ちの報いを受けて、今や彼女を失いかけている。でも、このままにしてはならない。どんなことをしても。

「ミリアムのおかげで大変な目にあったけど、もうすぐ彼女は出ていくんだ」

あなたの心を奪ったままで、とアラベラは胸のなかでつぶやいた。

「パパが落ちつき先を見つけしだい、ヒューストンに戻るのよ」

イーサンは歯をくいしばった。そうか、やはり音楽の道に戻るんだな。おそらく父親の生活がかかっているからだろう。

「じゃあ、せめて落ちつき先が決まるまで」なおもくいさがってみる。

「このモーテルでけっこうだわ」

「こんなところにきみを置いておきたくない」声音は平静に保てたが、目には気持ちが表れていた。「ぼくが悪かったんだ。せっかくうまくいっていたのに、癇癪《かんしゃく》を起こしたりして」

「結局は同じことだったわ」アラベラはイーサンの表情を読もうとした。「さぞ、つらいでしょうね。ミリアムがまた出ていってしまうなんて」

「ああ、ぼくの気持ちをわかってくれさえしたら」イーサンは思わず胸の思いを言葉にしてしまった。アラベラの指にキスしながら、彼女のグリーンの目に影がさし、頬がバラ色に染まるのを見届ける。「戻ってくれよ。あのサテンのネグリジェを着たきみを抱きたいんだ」

「やめて！」アラベラはだれかに聞かれなかっただろうかとあわててあたりを見まわした。

「赤くなってるね」

「あたり前だわ。あんなこと、忘れてしまいたいのに！」つかまれている指をはなそうとするのに、イーサンはきつく握りしめてはなさない。

「ミリアムたちにうんと見せつけてやりたいんだ。ぼくが落ちこんでなんかいないってことをわからせてやりたいのさ」

「また手助けする義理なんてないはずよ」アラベラはきっぱりと言った。

「そう言われると返す言葉もないけど、でもなんとかして来てもらいたいんだよ」イーサンが訴えるように言う。「あのときの埋めあわせをするから」

アラベラはまっ赤になって、ぱっと手をはなした。「ベッドに連れこもうって言うのね。ミリアムとのおこぼれの愛情をくれてやるって言うの？」

「そんなんじゃない」

イーサンは、アラベラの目のなかに少しでも自分に対する愛情が残っているかどうかを見きわめようとした。彼女がピアニストに戻る前に、自分の愛の深さを示す最後のチャンスだ。

「きみのピアノを聴いたことがある」イーサンはアラベラの手をまじまじと見た。「すばらしい才能だと思った。また復帰できるなんてすごいよ。ぼくのほうは寂しくなるけどね」

ふたりの関係がこれでおしまいになってほしくない。自分の気持ちを伝えておきさえすれば、またいつかは戻ってきてくれるかもしれない。

アラベラは叫びだしたかった。あなたが求めているのはわたしのからだなの、と。だが、そこへウエイターがやってきたので、チャンスを逸してしまった。

食事がすむと、アラベラは荷物をつめ、父に手紙を書いた。ハーダマン家に戻ることは不本意ではあったが、誘惑には勝てなかった。今こうしなかったら、将来悔いを残すことになりそうな気がしたのだ。

牧場に戻る途中、ハンドルを握るイーサンの顔はやさしく、晴れやかだった。

「駆りたてが終わったんでね。ようやく暇ができたんだ」

「そうらしいわね」ハイウェイのわきに果てしなく続く飼育場に目をやりながら、アラベラは答えた。「バレンジャー家はどうなって?」

そのあとはひとしきり、共通の友人である飼育場経営者の近況に話の花がさいた。

「タイラーはね、アリゾナの女性と結婚して、観光牧場を土地の名所みたいにしちゃったんだ。昔のウエスタン・ビレッジを再現したのが大あたりをとってる」

「まあ、すごいのね。昔なじみの人たちが成功しているのを聞くとうれしくなるわ」

「きみのときだってそうだったさ。新聞に名前が出たときは、やっぱりなって思ったよ。もともと才能があるのは知れ渡ってたからね」

「でも有名になりたいなんて思ってなかったの。パパとは違うわ。わたしはピアノが好きなだけ。今でもそうよ」

「だけど、治療がすんだらもとの生活に戻るんだろう?」

「そのつもりよ」弱々しい口調で言う。白っぽい手に目を落とし、指を動かしてみながら、もう今までのようには弾けまいと思った。

アラベラの表情を不審に感じたが、イーサンはあえて問いかけようとはせず、黙ったまま帰宅した。

コリーンが温かく迎えてくれたのは意外ではなかったが、ミリアムが努めて機嫌をとろうとするのにはびっくりした。

「イーサンとあなたの仲を邪魔してごめんなさいね」ふたりきりになったとき、ミリアムは言った。新しい幸せをつかみ、イーサンとの過去のしこりがとれたせいか、ミリアムは人を思いやる心を持つゆとりができたようだった。「わたしがイーサンを愛せなかったのは、わたしの過去がわざわいしてたの」ミリアムは、長身で育ちのよさそうなジャレッドのほうを見ながら言った。「あの人はわたしの理想の夫だわ。子供をほしがっていないとばかり思って、ここまで来てしまったの。イーサンとよりを戻すように見せかけたら、ジャレッドの気がかわるかもしれないなんてばかな考えを起こしたのよ。許してね。今度こそ、あなたとイーサンが幸せになることを祈ってるわ」

その幸せはもうとり逃してしまった……。とはいえ、素直にイーサンの幸せを願う気持ちになっているミリアムを今さら恨むつもりはなかった。

「ありがとう、あなたもお幸せにね」

「わたしにはそんな資格ないんだけど、そうなれるように努力するわ」ミリアムは口ごもりながら言ってにっこり笑うと、フィアンセのもとに戻っていった。

しばらくしてメアリーがやってきて、アラベラを片隅に引っぱっていき、しげしげと見つめた。

「どうなってるの？　イーサンと連れだって入ってきたときは心臓がとまるかと思ったわ。

決心がついたのね」

「そうじゃないの。ミリアムに対抗するために来てほしいって言われただけ」アラベラが吸い寄せられるようにイーサンのほうを見る。

メアリーは意味ありげな笑みを浮かべて言った。「ミリアムはそんなことには無関心に見えるわ。イーサンだってあなたをちらちら盗み見してるじゃない」

アラベラは苦笑した。「虚勢をはってるだけよ……」

あとの言葉は口のなかに消えた。イーサンが向けたむさぼるようなまなざしから目をそらせなくなってしまったからだ。ふたりはたがいの気持ちを探るように、周囲の目も気にせずにじっと見つめあっていた。しばらくしてコリーンが息子の注意を奪ったので、アラベラはようやく息をつくことができたけれど。

そのあと、イーサンは外出せずにずっと家にいた。夕食後、みんながビデオの映画を見ているあいだに、アラベラは着がえをするからと断って、席を立った。そしてジーンズとタンクトップに着がえて、事故以来はじめてピアノの置いてある書斎に忍びこむ。

音がもれないようにそっとドアをしめる。椅子を調節したあと、ふたをあけて、覆いの布をとった。調律ずみで音色は完璧《かんぺき》だ。アラベラは〝ド〟の音を鳴らしてから、左手で一オクターブの音階を弾いてみた。

うまく弾ける。アラベラはにっこりした。今度は右手だ。最初からどうもぎこちなかったが、〝ファ〟の音で指をかえようとしたとき、親指がうまく動かなかったので、アラベラは顔をしかめた。いきなり音階の練習は無理なのかもしれない。曲を試してみよう。学生のころによく弾いたショパンの《ノクターン》を弾きはじめた。ゆっくり弾いてみたのに、右手はやっぱりいうことをきかない。アラベラは声をあげ、鍵盤《けんばん》に両手をたたきつけた。音階を満足に弾けるようになるだけでも、何カ月もの練習が必要だろう。プロ級に戻るためには何年かかるか想像もつかない。

アラベラは、イーサンが入ってきてそんな彼女の姿をじっと眺めているのも気づかないでいた。イーサンは両手をピアノにたたきつけた音を聞きつけ、不審に思ってやってきたのだった。久しぶりに弾いて思うようにならないので、やけを起こしているのではないかと、想像して……。

イーサンが椅子の端に座ったので、アラベラはやっと気づいて顔をあげた。

「うまく弾けないんだね」ドアの外で聞かれてしまったのではないだろうか。真実を知られてしまったかもしれない。「気長にやるんだ。やけを起こしちゃいけないよ」

アラベラはほっとして息をついた。彼はまだ知らないのだ。

「わかってるわ」アラベラは目を合わせながらも、良心のいたみを感じていた。「同情してくださらなくてけっこうよ。また練習を積まなければならないけど、弾けることは弾けるんですもの」

「そうとも」イーサンは鍵盤に目を落とした。「気を悪くしたかな。同情してみせたりして」

「お世辞のほうが傷つくわ」

「ステージに復帰するまで、きみたち親子はどうするつもりなんだい？」

「アルバムの印税収入でなんとかなると思うの」アラベラは弾けなくなった右手のことを思って、大声で泣きたかった。だがイーサンのたくましい胸にすがることすらできない。

「だから、経済的な心配はないのよ。パパに協力してもらえばなんとかやっていけるわ」

イーサンはふっと息を吐いた。「お父さんに今度もさらっていかれるのか」

「今度もって？」

「四年前にもきみをさらっていかれてしまったんだ。ぼくよりも音楽を選びたがってるって思わされてね。でも、今度はそうはさせないぞ、アラベラ」

アラベラは口ごもった。「あなたが愛してるのは……ミリアムなんでしょう」

「違う」

「わたしを求めてはいるけど」心臓が早鐘のように打っていたが、アラベラはなんとかしてイーサンの気持ちを読みとろうとした。「結婚するほどじゃないんだわ」

「違うんだ」

彼の気持ちがつかめない。アラベラはもどかしげに自分の髪をうしろに払った。

「もっとほかの返事はできないの?」

「片足をあげて」

不意に片足をあげさせられて、アラベラはイーサンの膝の上に向かいあわせに座らされてしまった。彼の欲望が高まっているのがわかる。アラベラは肩に爪をたててあらがいながら叫んだ。「なんてことをするの、イーサン!」

彼は彼女のウエストに腕をまわし、さらに引き寄せた。

「もうきみをどこにも行かせはしない」荒い息をはきながら、命令する。「ぼくと結婚するんだ」

アラベラは一瞬、自分の耳を疑った。

「承知するんだ、今すぐ。じゃないと、なにをするかわからないぞ」と言って、ますます腕に力をこめる。

「結婚するわ、イーサン」

怖くなったからではなかった。断るにしのびないほど、彼を愛していたからだ。すぐさま唇が重ねられ、アラベラはツタがからまるように、彼のからだにしっかりと腕を巻きつけた。

いつの間にか、イーサンの手で上半身を裸にされていた。彼もシャツを脱ぎ捨てている。裸の胸と胸をぴたりと合わせ、ふたたび痛くなるほど激しく唇を奪われた。たくましい手が背中を愛撫《あいぶ》する。

「ベッドのなかでもこうするんだよ。こうやってぴったりと抱きあって……こういうふうに……リズムをとりながら、ゆっくりと……洗いたてのシーツの上で……」

アラベラは息をつめた。喜びの波がからだをつきぬけていく。

「きみがほしい」イーサンの指がアラベラのジーンズのベルトにかかった。

「わたしも……」アラベラも熱に浮かされたように答える。

このまま思いをとげてしまいたい。彼女も同じ気持ちなのだから……。いや、いけない。絶対だめだ！　こんなつもりじゃなかったのだ。イーサンは必死で理性をとり戻そうとした。

「ここじゃだめだ。はじめて愛を交わすのがピアノの椅子の上だなんて、とんでもないな」

アラベラはイーサンをじっと見あげてささやいた。「あなたとベッドをともにした夢を見たわ」

イーサンの目がきらりと光る。「ぼくもだ。寂しい夜に見る夢では決まって、きみを抱いていた」両手の下でピンク色に輝く美しい胸に、イーサンはかがみこんでキスした。「ベッドのなかで、ぼくはきみのからだ中にキスするんだ」

アラベラもイーサンの顔中にキスの雨を降らせながら、そっと答える。「あなたを満足させてあげられるといいけど」

イーサンは唇をはなして、自分の真下にある顔を見た。彼女はぼくを愛していたかもしれないのに、その気持ちを踏みにじってしまった。今ぼくはこうしてやみくもに結婚へつっ走ろうとしているのは、それしか道がないと思ったからだ。もしかしたら、愛はふたたびよみがえるかもしれないんだし……。

「正真正銘のホワイトウェディングにしよう。初夜にはじめてベッドをともにするんだ。本来結婚はそうあるべきなんだから。たがいの意思を尊重し、それをなしとげることを誇りにする、ほんとうの意味での結婚だ」

意思の尊重、そして誇り。でも愛という言葉は出てこない。わたしは欲ばりなのかしら、とアラベラは思った。

「おばさまの言うとおりね。あなたって、潔癖性なんだわ」

「きみもそうだよ」イーサンは名残惜しそうにからだをはなし、シャツのボタンをはめはじめた。「恥じらいのある花嫁っていうのはいい」アラベラが顔を赤らめるのを見て、イーサンは問いかけた。「気を悪くしたかな?」

「いいえ、ぜんぜん。そうなるのをずっと待ってたんですもの」

「ぼくが待たせてしまったからな」欲望を抑えつけた顔は、別人のように引きしまって見える。「今度こそ、きっとうまくいく。お父さんやミリアムに邪魔されたけど、今度は大丈夫だ」

アラベラは彼への思いをいっぱい秘めたまなざしで見かえした。

「そうね。今度は大丈夫だわ」

大丈夫にしなければ。アラベラはもうイーサンとはなれては生きていけないと思った。パパにはあとで報告することにしよう。今はふたりの未来のことを考えるだけでせいいっぱいだ。愛情はあとから生まれてくるだろう。彼の望むような妻になりさえすれば。そうしているうちに幸せをつかめるだろう。

ひとつだけ心配なのは、自分がステージに復帰できないという事実を、まだイーサンに知らせていないことだった。知ったならば、また経済的な安定のために結婚したと思われかねない。


その夜、父に報告のための電話をかけると、意外なことに祝福の言葉が返ってきた。自分はやっていけるから心配いらない、おまえの分まで蓄えは十分ある、と父は言った。アラベラはほっとした。将来、もしもイーサンに飽きられてしまっても、なんとか暮らしは立つだろう。

自分の決断は正しかったのだろうか。いろいろ考えていると、なかなか寝つけなかった。イーサンはどうなのだろう。愛する女性を失ったのに、性急すぎるのではないか。自分は身を引くべきではなかったのか。いろいろ思いをめぐらしてみたものの、アラベラは朝までに結論を出すことはできなかった。

11

「やっぱり思い直したのね」コリーンはふたりの報告を聞いて、うなずいた。「それで、今度はどのぐらい持つかしら?」

「永久さ」イーサンが答える。「それはそうと、ドレスは返してしまったんだろう?」

「いいえ、返さなかったわ。そういうこともあろうかと思って、クローゼットにしまっておいたの。わたしの血を引いてる人間が二度も過ちを犯すわけがないって信じてたからよ」

イーサンは目を見開いた。「じゃあ、あるんだね?」

「もちろん」コリーンはアラベラに向かって微笑《ほほえ》んだ。「早くイーサンの目が覚めればいいのにとは思ってたけど、過去が舞い戻ってきて邪魔したから、間に合わないんじゃないかと気がかりだったのよ」遠くにいるミリアムのほうをにらんでみせてほのめかす。

「そのことは、日をあらためて話すよ」イーサンは母に約束した。「それより、式の段どりはつけられるかな」

「今夜シェルビーに電話するわ。いいでしょう、アラベラ？」

「ええ」アラベラは伏し目がちに答えた。「こんなに急でもシェルビーにはお願いできますの？」

「大丈夫よ。古いつきあいですもの。それより今度こそ、アラベラをはなしちゃだめよ」

コリーンは息子に言いふくめた。

イーサンが欲望を目にみなぎらせて答える。「二度とはなしたりするもんか。大丈夫だよ」

愛されてはいないとしても、あの欲望は本物にちがいない。でも、四年の月日がたっていても、いまだにバージンのわたしが、彼を満足させられるだろうか。アラベラは不安だった。

イーサンはアラベラの目の色を見てとって、誤解してしまった。「まさか、気がかわったんじゃないだろうね」

「はじめてのことばかりなので、胸がどきどきしてるだけよ」

「ほしいものはなんでもあげるよ。空の月だって、ほしいって言うならあげたいぐらいだ」

アラベラはミリアムとフィアンセのほうに目をやった。あのふたりにはなんの不安もなさそうだ。それなのに自分たちはどうしてこんなに緊張しているのだろう。

「お月さまなんかほしくないわ。幸せな結婚さえできればいいの」

「小さいときから知ってるんだし、共通点もたくさんある。うまくいくよ」イーサンは決めつけるように言った。


あくる朝、シェルビー・ジェイコブズ・バレンジャーが打ちあわせにやってきたので、アラベラはコリーンとメアリーにも同席してもらった。美貌《びぼう》にかけてはミリアムをしのぐほどのシェルビーだったが、数えきれぬほどのゴシップのあとで、困難をのりこえ、現在の夫ジャスティンとつれそったのだ。

「急だったのに引き受けてくださって感謝してるわ」アラベラは礼を言った。「なにもかもはじめてなのでとまどっているの」

「やらせていただくことになって喜んでいるのよ」シェルビーはにっこり笑って答えた。「結婚式には特に力が入ってしまうの。自分のときのスタートがかんばしくなかったからね、きっと。でもそんなことに関係なく、今は円満このうえなしよ」ノートをとりだして言う。「それじゃあ、どうしてもぬかせないものからあげていきましょうか」

ベテランのシェルビーをもってしても、急な段どりには時間がかかり、正午ごろまでかかってしまった。

「もう式なんてどうでもよくなったわ。やることが多すぎるんですもの」アラベラはコリーンに訴える。

「かけおちしようか」イーサンがそそのかす。

コリーンは息子をにらみつけた。「弟夫婦がそれだったんですからね。あなたはだめよ。教会で式をあげなければ罰があたるわ！」

「母さん！」イーサンが大げさにおびえるふりをする。

「なにも大変なことはないわよ。花嫁もドレスもそろってるんだから。あとは招待状と食べ物の手配ね」

「ゲストには電話することにして、もてなしはバーベキューってのはどうだい？」

「あっちへ行ってて、イーサン」コリーンは息子を追いはらおうとした。

「アラベラを連れていっていいなら、退散するよ。子猫を見せたいんだ。ずいぶん大きくなったから」

子猫は見たかったが、イーサンとふたりきりになるのが怖い。

「さあ、おいで」

西部劇のヒーローそのままに、ジーンズとシャンブレーのシャツがほれぼれするほど似あっている彼に手をさしだされると、アラベラはいやとは言えなかった。

グレーのスラックスに黄色とグレーのまじったニット姿のアラベラを、イーサンの目が追いかけている。

「髪をおろすのもよく似あうな」

アラベラは笑顔を向けた。「でも、こうすると髪が目に入って困るの」

イーサンは帽子のつばをさげながら言った。「きょうも暑くなりそうだな。泳ぎにいこうか」

「いやよ」

返事があまりにも早かったので、イーサンは探るような目でアラベラを見つめた。

「歴史はくりかえす、と思ってるのかい？」イーサンはドアをあけながら問いかけた。

「婚約してるんだ。今度は途中でやめないかもしれないよ」

アラベラはイーサンの胸のあたりに視線を落とした。「ホワイトウェディングにしようって言ったじゃない」

「わかってるよ。だけど、おたがいの気持ちをからだで感じあうのは、ホワイトを汚すことになるのかな」

アラベラはきっとなって彼をにらみつけた。「ほら、やっぱり！　からだがほしいだけなのね。興味本位で……」

イーサンも目を見開いて、手をはなした。「あきれたな。まだわかってくれてなかったのか」

「また蒸しかえすのはいやだけど、でも四年前、あなたはわたしを求めておきながら、ミリアムと結婚しちゃったわ。あれは彼女を愛していたからでしょう?」

「四年前のあのとき、ミリアムは子供ができたって言ったんだ」イーサンはつらそうに言った。「結婚してから、実はそうでなかったとわかった」

アラベラは不愉快になった。ということは、ミリアムとは式の前に愛を交わしていたことになる。あの入江での出来事の前には、もうふたりはベッドをともにしていたのだろうか……。それは我慢できない。

立ちさろうとする彼女の腕をつかみ、イーサンは抱き寄せた。

「違うんだ! そんなんじゃない! ミリアムはきみの身がわりだったんだ。あのままでいたら、またきみを襲うことになりかねないと思った。だから誘いをかけてきたミリアムを利用したんだ……。そんな自分がいやだった。結局は自分を含めた三人をだましたことになる。きみはぼくには若すぎるし、音楽の道に進むのを邪魔してはいけないと思ったんだ。だから、行かせてしまった。その報いは受けている、四年ものあいだ。まだ終わったとは言えないが……」

イーサンの言葉が胸につきささる。「ミリアムを抱いたのはわたしを求めていたからなのね」

「ああ」イーサンは深いため息をつきながら答えた。「きみを抱けなかったからさ」アラベラの髪にキスしながらさらに続ける。「抱いたら最後、自分の気持ちを抑えられなくなりそうだった。もう行かせはしない。今度こそ、きみはぼくのものだ」

アラベラに覆いかぶさるようにして、イーサンはキスした。引きしまったからだを押しつけられて、熱い欲望を痛いほど感じる。

「強引な人」アラベラはあらがおうとする。

「キスしてくれ」

彼女を逃がすまいと押さえつけながら、じらすようにキスし続ける。しばらくたって、イーサンはアラベラの腕を首からはずし、からだをはなした。「きょうは唇だけだ。結婚指輪が指にはまったら、これだけじゃすまないからね」

こらえている欲望を吐きだせないためか、小刻みにふるえながら、イーサンはアラベラをひとり残して去っていった。

その日からちょうど一カ月後、ジェイコブズビルのメソジスト教会で、アラベラは結婚の誓いをたてた。父は彼女を花婿に引き渡す役を果たしてくれた。イーサンはあの日以来、彼女のからだにふれようとはしなかったが、熱いまなざしで彼女の姿を追い続けていた。これは愛情とは違うかもしれない。でも自分をほしいという情熱は本物だということを痛いほど感じる。

ミリアムはジャレッドとカリブへ戻り、ほどなく結婚式の招待状を送ってきた。イーサンたちよりも二週間早い挙式だったが、イーサンは気を悪くしたようには見えなかった。

牧場経営の多忙な時期で留守がちだったせいなのかもしれない。コリーンは彼の機嫌が悪いのを見ないで助かると、感想を述べた。

アラベラにだけは、彼の機嫌が悪い理由がわかっていた。今夜その原因が解消されるときのことが、思いやられる。ハネムーンにはメキシコ湾のリゾート地を予約してあった。アラベラはその夜のことを考えただけで、胸の鼓動が激しくなるのだった。初夜はうまくいくだろうか。

「きれいな花嫁さんだったわ」着がえをしにいこうとするアラベラを呼びとめ、コリーンがキスして言った。「あなたたちが今度こそ幸せになるって確信できたわ」

「そうなりたいと思ってます」

アラベラのまわりをメアリーとマット、それにシェルビーと彼女の夫のジャスティンがとり巻いている。

アラベラはシェルビーに心から礼を言った。

「お幸せにね」シェルビーがやさしく言葉をかけた。

「結婚までこぎつけた情熱を、これからは結婚生活にそそぐんだな」ジャスティンが笑顔で言った。「おたがいに理解しあえばうまくいくよ」

シェルビーとジャスティンは手に手をとって、姿を消した。あんな夫婦になりたい。アラベラはうらやましく思った。

そのとき、イーサンに手を引っぱられた。彼に顔を向けると、目がぎらぎらと光っている。誓いをたててからまだ言葉を交わしていなかったので、おもはゆい気がする。参列者の見守るなかでは花嫁にキスしようとしなかった彼のことが、胸をかすめた。

「スーツケースは積んである。さあ出かけよう」言葉は穏やかだったが、熱いまなざしがアラベラの全身を這《は》いまわっていた。「早くふたりきりになりたいんだ」

「でも……着がえないと……」

「だめだ」イーサンは両手でアラベラの顔をはさむと、かがみこんでささやいた。「ぼくの手で脱がしたい」そしてさっとかすめるようなキスをする。「さあ、出発だ、アラベラ・ハーダマン」

はじめて耳にする呼び方に胸がときめいた。参列者全員がふたりの出てくるのを待ち受けている。このあと披露宴が控えているのに、イーサンはすっぽかすことにしたらしい。コリーンにだけはそっと耳打ちしてから、ふたりは紙吹雪とライスシャワーのなかをくぐりぬけていった。

空き缶を引きずった、落書きだらけの新婚用の車の前を素通りして、ふたりはコリーンのメルセデスに乗りこんだ。車が動きだしたとき、バックミラーに数人の友人たちの呆然《ぼうぜん》と見送る顔が映る。

「あんな車に乗るには年をくいすぎてるからな」イーサンは苦笑して言った。

「そうやって若さをなくしていくのね」アラベラがつぶやく。

「きみはまだ若いよ」イーサンはハンドルを操りながら言った。「もっと若いときにさらってしまえたらと思ったこともあった。だけど結局は花のつぼみをつんだような罪悪感にさいなまれていただろう」

彼は本気で言っているのだろうか。だが、イーサンは真顔だった。

「信じられないのかい？」イーサンはちらりと目を向けた。「ガルベストンに着いたら、もっと驚かせてあげるよ」

カーステレオから流れる音楽を聴いているうちに、れんがづくりのホテルに着いた。ふたりの部屋の窓からは、カモメが飛びかうガルベストン湾を一望に見渡すことができる。

「着がえをして、浜辺を散歩しよう」

自分で脱がすと言われるかと思ってどきどきしていたが、イーサンがバスルームを身ぶりで示したので、アラベラはほっとした。

ふたりともジーンズ姿になって、浜辺を歩く。貝殻を拾ったり、おしゃべりをしたりするうちに、日が暮れてきた。古い灯台のなかにあるレストランのテラスの席で、暗い海に浮かぶ船を眺めながらシーフードのディナーをとる。そしていつの間にか時が過ぎていった。

部屋に戻ったときは、気分が落ちついていた。戸口でイーサンに抱きしめられてキスされても、自然のなりゆきだという気がした。

　イーサンは明かりをつけようとはしなかった。ドアをロックすると、アラベラを抱きあげ、ふたつのベッドの片方にそっと横たえる。

　またもや激しく唇を求めながら、イーサンは長い指でゆっくりと服を脱がしていった。そしてはだけた場所を確認するようにキスを降らせていく。あまりの快感に、アラベラのからだは熱く燃えあがり、われを忘れそうになった。

　そしてふたりはひとつに結ばれた。アラベラはイーサンにしがみついたまま、すべてを任せきっていた。

　めくるめく感覚がからだをつきぬけていく。ふたりは一緒に官能の渦へとのみこまれていった……。

　どのぐらい時間がたったのだろう。アラベラがかすかに身動きしようとすると、イーサンがうめくような声で命じた。「動かないで」じっとりと汗ばんだからだがふるえている。

「大丈夫？」恐る恐る問いかけてみる。

「ああ」イーサンはそう答えると、アラベラの顔に唇を寄せた。「愛してくれてるんだね。愛を交わしたいだけでは、こんなにやさしくできるはずがないからな」

　アラベラは目を閉じた。やっぱり悟られてしまった。それが一番不安だったのに。アラベラはイーサンの髪に指をかき入れながら、告白した。「ええ、愛してるわ。ずっと前から。一生治らない病気みたいね」

イーサンは大きく息をついて、アラベラを引き寄せ、あやすように揺すった。「ぼくのアラベラ、もうはなさないぞ。ぼくの子供を産んで、すべてを分かちあう暮らしを一生続けるんだ」

「ほしいのはからだだけなんじゃなくて？」

「もちろん、からだはほしい」彼の両手が背中を愛撫《あいぶ》している。「気がどうにかなってしまいそうなほどね。でも、ただの欲望ならほかの女性だっていいはずだろう。だけど違うんだ。この四年間ミリアムはおろか、どんな女性も目に入らなかった。これこそきみを愛している証拠じゃないか」

アラベラは耳を疑った。月明かりを頼りに、懸命に彼の表情を探ろうとする。「わたしのこと、愛してるの？」

「なに言ってるんだ。あたり前じゃないか。鈍いんだな、きみは。母さんだって、メアリーだって、ミリアムでさえわかってるのに。あきれたな、ぼくの気持ちを疑ってたのかい？」

アラベラは思わず笑ってしまった。燃えるような愛の炎がはじめて揺らめきたつのを感じる。

「そうなの、わたしってなんて鈍いのかしら！　ああ、イーサン、愛してるわ。どうしようもないほど、愛し……」

　言葉はいらなかった。からだで彼への思いを表していく。

「これじゃあ、ステージときみをとりっこすることになりそうだな」ふたりが愛の行為に疲れて、飲み物を口にしようとしたとき、イーサンは言った。「だけど、我慢するよ」

「ああ、そのこと」アラベラはイーサンの肩に顔を伏せるようにして答えた。「実は、嘘《うそ》をついてたの」

「なんだって？」

「嘘をついてたのよ。ステージにはもう立てないのに。もうプロには戻れないの、教えることはできても。言っとくけど、悲観してなんかいないのよ。ヴァン・クライバーンのようなピアニストになるより、あなたと一緒になりたかったんですもの」

　イーサンは返事ができなかった。自分への愛情がどれだけ深いか、これで十分証明されたのだから。「本気なんだね、アラベラ」

「ええ、本気よ」そう言ってアラベラはキスをすると、冷たいコップをイーサンの下腹部に置いた。

　イーサンが声をあげて飛びあがるのを、アラベラは笑って眺めた。どんな仕返しをされるかが楽しみだ。

「やったな……」

つかまえられるのを待てずに、アラベラは手をさしのべた。自分の一生を任せられる力強い腕を二度とはなしてはならない。ふたりの楽園を築くために。

●本書は、1990年12月に小社より刊行された作品を文庫化したものです。

テキサスの恋5
音色に秘めた思い
2009年8月15日発行　第1刷

著　　者／ダイアナ・パーマー
訳　　者／加川千津子（かがわ　ちずこ）
発 行 人／立山昭彦
発 行 所／株式会社 ハーレクイン
東京都千代田区内神田1-14-6
電話／03-3292-8091（営業）
03-3292-8457（読者サービス係）
印刷・製本／凸版印刷株式会社
装 幀 者／安部　孝（UNIT）

ISBN978-4-596-92909-9

ハーレクインSP文庫

超人気作家ダイアナ・パーマーの〈テキサスの恋〉

第1話から毎月連続リバイバル刊行！

HQSP-5（初版:L-389）

第1話　好評発売中

『子供じゃないのに』

15才で両親を亡くしたアビー。孤児となった彼女を引きとり面倒をみてくれたバレンジャー家の次男カルフーンに、いつしか恋心を抱くようになるが…。

第2話　好評発売中

『祝福のシャンパン』

シェルビーのもとを、結婚の約束をしながらも別れたジャスティンが訪ねてきた。六年ぶりの再会に苦い思い出がよみがえる。

HQSP-6（初版:L-396）

HQSP-7（初版:L-400）

第3話　好評発売中

『あなたと一緒なら』

男性恐怖症で女性らしさを隠してきたネル。テキサスから来たカウボーイ、タイラーにはなぜか心を許し、彼の気を引こうとするが…。

HARLEQUIN 30th Anniversary

ハーレクイン社30周年記念企画をご紹介！

30周年30人作家企画〜その1〜 Author Collection

作家自身が“私のお気に入り”という作品をリバイバル刊行！

スーザン・マレリー

『伝説のガウン』HAC-6

収録作品

「夢のように愛して」
（初版:N-809）

「初めての情熱」
（初版:N-813）

好評発売中

シャロン・サラ

『愛を見つける旅路』HAC-7

収録作品

「傷ついたレディ」
（初版:LS-204）

「夜だけの恋人」
（初版:LS-208）

9月5日発売

●ハーレクイン・オーサー・コレクション

30周年30人作家企画〜その2〜 Anniversary Collection

30人作家による人気テーマの作品を毎月リバイバル刊行中！
8月のテーマは“愛の無い結婚”

『結婚と打算と I』PB-71

「花嫁になる条件」（初版:R-2026）
ジュリア・ジェイムズ
「君にすべてを捧ぐ」（初版:W-5）
ジュリア・ジャスティス

『結婚と打算と II』PB-72

ジェイン・アン・クレンツ
「燃えつきてから」（初版:T-79）
「花嫁はおかんむり」（初版:T-200）

『結婚と打算と III』PB-73

ヘレン・ビアンチン
「嵐のハネムーン」（初版:R-26）
「愛の囚人」（初版:R-62）

●ハーレクイン・プレゼンツ作家シリーズ別冊